你还没来，
我还在等

张绛·著

中国出版集团　现代出版社

图书在版编目（CIP）数据

你还没来，我还在等 / 张绛著. —— 北京：现代出
版社，2019.3

ISBN 978-7-5143-7689-0

Ⅰ.①你… Ⅱ.①张… Ⅲ.①故事 – 作品集 – 中国 –
当代 Ⅳ.①I247.81

中国版本图书馆CIP数据核字（2019）第044030号

著　　　者	张　绛
责任编辑	袁　涛
出版发行	现代出版社
地　　　址	北京市安定门外安华里504号
邮政编码	100011
电　　　话	010-64267325 64245264（传真）
网　　　址	www.1980xd.com
电子邮箱	xiandai@cnpitc.com.cn
印　　　刷	三河市嵩川印刷有限公司
开　　　本	880mm×1230mm 1/32
印　　　张	7.5
字　　　数	130千字
版次印次	2019年5月第1版　2019年5月第1次印刷
标准书号	ISBN 978-7-5143-7689-0
定　　　价	39.80元

序

"两姓联姻，一堂缔约，良缘永结，匹配同称。看此日桃花灼灼，宜室宜家，卜他年瓜瓞绵绵，尔昌尔炽。谨以白头之约，书向鸿笺，好将红叶之盟，载明鸳谱。此证。"

记忆里，那应该是一个车马纷争、寂寥惆怅，被列强铁蹄肆意践踏，又十分冷清、浮华动荡的年代，然而，它却美得恍惚、迷离，歌舞升平、细语俏姿。

每一个女子都顾盼生辉、妩媚动人，每一个男子都风流倜傥、潇洒不羁。

它是诞生大师最多的年代，是蛾眉青黛，是袅袅婷婷，是一阕荡气回肠的古诗词。

那些年华成了旧事，风烟里依然能走出婉约与浪漫，炽热与妖娆。它像极了罂粟，密密交织着惊鸿一瞥的壮烈的美。

旗袍与烫发，小脚三寸金莲，柔情似水，眼波流转，铿锵有力的抗议，勇猛果敢的决断，振臂一呼的转身……所有一切，无不浸染渗透着一种如玉般温润的魅力。

他们在惊蛰中似水，满城风雨浸染天，毅然不以为意；他们跟相爱的人悱恻缠绵，亦能相忘于江湖，再见仍是朋友。

无论临花照水，无论苍茫浩渺，在烟锁重楼的历史烟云中，他们的年华如诗，汲取涅槃伤尘，待需要人慢慢细品味。

流连他们的爱情，那是染了风沙的悲欢离合，是一段段冲破礼教的"执子之手，与子偕老"，那么动人，那么美。

终于才参透明白，那些学贯中西的气质度，遗世独立的气度场，生离死别的缠绵，以及他们跌宕起伏的一生。

他们以家以国为己任，却从未臣服于岁月动荡，他们用最浪漫动人的爱情，顽强地抵御所有的艰难困苦。

他们活得顶天立地，用一撇一捺支撑人字。他们是流金岁月中最绚烂的烟火，虽短暂，却炫目，他们有着至死不渝的灵魂，他们是不朽的传奇。

目录

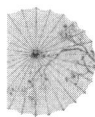

1. 我希望逢着一个丁香一样的姑娘

——戴望舒·施绛年

撑着油纸伞，独自

彷徨在悠长、悠长

又寂寥的雨巷

我希望逢着一个丁香一样的结着愁怨的姑娘

她是有丁香一样的颜色

丁香一样的芬芳

丁香一样的忧愁

在雨中哀怨

哀怨又彷徨

她彷徨在这寂寥的雨巷

撑着油纸伞

像我一样，像我一样地

默默踯躅着

冷漠、凄清，又惆怅……

——戴望舒

闺密欣小姐在生日会上郑重其事地宣布自己放弃了C先生。

几乎所有人都惊诧了。要知道，欣小姐心心念念那位风流倜傥的C先生八年之久，突然决定放下，却仅仅只是一念之间。

一时冲动，错过许多东西，之后又往往追悔莫及，这是人之常情，也是大家替她担心的原因。

但我支持她的选择。

你孤军奋勇地追求一个人八年，如果他仍不打算娶你入门的话，你还指望什么？那么长时间，就算冰山也早就融化了。

有人说，谈了那么久恋爱，有点可惜了。又有人说，人家只是做生意，比较忙，这次来不及祝你生日快乐，说不定下次弥补呢。但我却说，别幻想下次了好吗，别再给自己找无数个理由了好吗，他果真爱你，总会挤出时间过来陪你。

爱情是两个人的事情，一个人无论怎样付出，终是一头热，被褥的那一端，到底还是凉的，生病的冰冷雨夜，没人陪伴的滋味着实不舒服。一个人的爱情，是划不来的，忧伤只会加重人的沉溺，令人沉浸到无法想象的地步，那更是不值得。

永远走不出那条雨巷，只为那婉约动人的姑娘

《雨巷》是戴望舒的成名作。这首诗一经发表，就受到青年人的喜爱，他也因此获得了"雨巷诗人"的美誉。

诗中的情感朦胧而惆怅、忧伤又孤独，那种迷惘又飘忽不定的痛楚，正是诗人恋情的写照。

我们都以为诗人是浪漫的，浪漫诗人诠释出的爱情，也一定是美好而难得的。但理想与现实有时相距甚远，你以为的浪漫，总会以最为残酷的方式惊醒你。越是伟大的文人，创作越丰富，情感便越失败，这似乎是一个死循环，正因为命运多舛，所以造就了他们的才华洋溢、思维空远。

戴望舒的爱情一点也不浪漫，甚至还非常残酷。

戴望舒写诗的时期，以徐志摩为代表的"新月派"大为流行。他写的现代诗，与之正好相反。所以当时的戴望舒并不被人看好，唯独施蛰存对他的诗喜爱有加，并把它们作为主推诗歌发表在自己主编的《现代》杂志上。

因为有这层关系，戴望舒成了施蛰存家里的常客。在施家小住的日子，戴望舒爱上了施蛰存的妹妹施绛年。施绛年十八岁，正在上海中学读书，那时的她美丽又活泼，就像一只欢快生动的百灵鸟。戴望舒被施绛年迷住了。第一本诗集《我的记忆》出版时，他在诗的扉页题字："给绛年。"并且还有特意翻译的两行深情的诗："愿我在最后的时间将来的时候看见你，愿我在垂死的时候用我虚弱的手把握着你。"

然而正如一个人夏天爱吃冰激凌，你却给她一杯纯净水一样，施绛年对钟情于自己的戴望舒毫无感觉。她是如此活泼，他却孤僻、苦闷、郁郁寡欢，他们的爱情从一开始就注定不会长久，就像两块相斥的磁石，永远也不可能靠在一起。

大胆表白后却遭遇冷漠对待，戴望舒苦闷不已，他不晓得，施绛年对他的感情仅仅是一份对兄长好友的尊重。她没有明确拒绝他，但是她的态度已经很明白。然而戴望舒却不肯面对现实，在痛苦不堪的同时，他还继续幻想着可能有的一点希望。

施绛年不爱戴望舒，除了对他没感觉外，还因为他的相貌有瑕疵：他得过天花，脸上从小落下了麻子。爱美之心人皆有之，施绛年年纪轻，对她而言，男人的颜值和才华一样重要。另外，戴望舒的家境也不好，只是普通的小康人家，他的父亲是北戴河火车站的普通职员。所有"高富帅"的资本，他统统都不具备。

戴望舒并没有放弃，在绝望的折磨中不断挣扎，这个男人追求爱情的勇气比卞之琳可贵一些，好歹他是宁愿一头撞死也绝不半途而废的。他像一架振翅高飞的战斗机，不要命地向眼前的冰山上撞去。面对佳人无意，他选择自杀相逼。

施绛年愣住了，也吓蒙了。无论是出于同情还是被逼无奈，她选择暂时接受他。

就这样，在以死相逼的情况下，戴望舒终于跟心上人谈起了恋爱，他快马加鞭地要求远在杭州的父母赶紧到上海提亲。虽然施绛年的父母并不非常满意，但无奈局面已定，只好勉强同意。

虽然已经订婚，但施绛年心里仍无法接受这个现实。她向戴望舒提出一个要求：必须出国留学，拿到学位，以便将来有稳定的工作和收入。

这个要求本无可厚非，但仔细想来，却是刻意支开他的一场"预谋"。试问，一个女子倘若心心念念想着自己心爱的男人，她怎么会舍得让他独自一人去异国他乡受苦受累？又怎能忍受相思两地的煎熬？难道她不担心他在别处又逢新的红颜知己吗？爱人的心怎会有如此之宽？

其实此时施绛年身边已有相爱的男子。只不过她并未对戴望舒坦诚相告。她爱的男子是一个推销冰箱的营销员。这个工作在当时比较时髦，收入也很好。

在法国的三年，戴望舒穷愁潦倒，他自费留学的资金不够，只能靠不断译稿来赚钱。他给友人叶灵凤的信中谈道："我在这里一点空没有，要读书，同时为了生活的关系，又不得不译书，而不幸又生了半个月的病。"尽管如此，为了心爱的女子，为了守住这份约定，他一直在咬牙坚持。

可他却听到了施绛年另择他人的消息。戴望舒并不相信，或者说根本不愿意相信。断断续续的学习生活中，他一边译稿，一边继续坚持写诗，就在这种分外艰难、身心疲惫的情况下，他的第二本诗集《望舒草》写完了。生活与感情的磨砺，使他的诗形成了独特的风格，开创了新的创作领域，完成了对新诗创作倾向的最后选择和定型。

挂念着那"结着愁怨的丁香姑娘"，戴望舒回国了。他并没有完成在里昂中法大学的学业，迫于生活压力，他没怎么上课，没怎么写作业，也没参加考试，所以学校给他发了退学通知。

从主观上讲，听闻那些有关施绛年的"风言风语"，他已经无法安心学习了。

还有另一个缘由，他在学习期间跑到西班牙参加了反法西斯游行，后来被西班牙警方逮捕移交法国警方，法国警方通知了中法大学，于是学校开除了他。

从这件事上可以看出，戴望舒内心深处渴望和平，他是个以"大家"为重的人。这个品质在后来他的第一段婚姻中体现得最为明显。

回国后，戴望舒从施绛年那里亲自得到证实，他难以忍受这样的打击，当着施绛年父母的面打了她一巴掌。这一巴掌自然也彻底打断了两人之间的所有关系。

初恋总令人难以忘怀，忧伤的初恋更是日久弥新，因为它夹杂着我们太深的纯真与太多的希望，承载着我们最诚恳的梦，所以它的失败，比往后的所有次叠加都沉重得多。

戴望舒一巴掌下去，打碎了爱情，也打碎了自己的自尊心，他变得越来越自卑。这段感情的失败，带给他的打击无异于屈辱。以至于在之后的婚姻里，他依然不时沉浸在对往事的悲伤中，没理清自己的心思，没找到婚姻的最佳方式。

他放不下，所以他不能尽全力投入，而这样的"念念不舍"，往往最伤人心。没有女人愿意在自己全情投入的时候，朝夕相处的另一半却永远走不出那条属于别人的"雨巷"。

婚姻需要的是尊重

跟戴望舒走进第一段婚姻的女子叫穆丽娟。她是戴望舒好友穆时英的妹妹。

失恋后的戴望舒离开了施蛰存家，来到好友穆时英家里。面对他的遭遇，穆时英表示极大的同情，他对戴望舒说："你不要这样伤心，施蛰存有个妹妹，我也有。我妹妹比他妹妹更漂亮。"

穆时英很仗义，他不是信口开河、说过就忘的。他很快就帮戴望舒牵线搭桥了。

穆丽娟比戴望舒小12岁，青春靓丽，清秀漂亮，笑起来两弯新月似的眉眼，十分娟秀的瓜子脸，充满古典美。戴望舒见到穆丽娟，一下就被吸引了，他开始主动接近她。

穆丽娟也对戴望舒心存好感，她早就听说过他的大名，也对他在上段感情中受到的伤害有所耳闻。在她心里，这是一个才子，又是一个忧伤的人，她对他既有仰慕，同时也怀有深深的同情。

女人的爱情，往往隐藏着母性的光辉，倘若自己倾心仰慕的人正处于焦灼中，女人们总是恨不得用尽全力拉他上岸，仿佛自己是个救世主，这辈子的出现，就是为了让心爱的男人得以重生，并且在自己的温存中享受甜蜜。

穆丽娟跟戴望舒交往日益亲密，两人很快就结婚了。他们没有举行婚礼，他送了她一枚戒指作为纪念。

婚前出现了一个插曲，戴望舒的父亲去世了。按照习俗，他应当先守孝一年。但施绛年带给他的伤害如鲠在喉，历历在目，他每一刻回想起来，都心痛万分。于是婚期如期举行了。

婚后，他们生了一个女儿。生活看起来甜蜜而幸福，他们在家里举行小型舞会，邀友人一起品茶，出双入对地看电影，一切都显得那么和谐美满。

然而和谐的画面背后却隐藏着暴风雨，不到半年时间就闪婚的两个人其实性格并不相合，一个爱动，一个爱静；一个每天忙于家务，照料孩子，一个却只知道埋头读书，不问一切。

那时的穆丽娟不过20岁，她对突如其来的变故并不怎么适应。在家时，她是家里唯一的女孩子，家庭和睦，事事不用操心。但是结婚后，所有事情都要她去忙碌，一天到晚团团转的疲惫让她无所适从。她不开心，但是他却视而不见。他们之间几乎毫无交流，虽然从不吵架，但却各自过活，好像他是他，她是她，是没有任何关系的两个人，仅仅只是生活在一座屋檐下而已。

如果戴望舒及时从施绛年带来的悲伤中走出来，用一个全新的自我去迎接这个家庭，去善待身边的这个女子的话，他们的婚姻不会无可救药。但是他偏偏忘不掉施绛年。电影《初恋》放映时，他给主题曲作词，他这么写道：

"你牵引我到另一个梦中，我却在别的梦中忘记你。现在我每天在浇灌着蔷薇，却让幽兰枯萎。"

这是何等赤裸裸的旧情难忘、一片情深！他把身边人当作带刺的"蔷薇"，而心里住着的那个却是叫他心疼的"幽兰"。

不仅穆丽娟，几乎所有人都心照不宣地认为这是戴望舒写给施绛年的情书。他从没有对此解释过，但他的心却好像被当众剖开了展示给别人看。

这对穆丽娟来说，是多么大的打击。她陪伴在他身边，照顾他，为他生儿育女，对他一往情深，到头来，他心里惦念着的、怜爱着的，却是那个伤害过他的人。穆丽娟的心被深深地刺痛了。

一个人的爱情越是深沉，换来的一声叹息便越沉重。人们念念不忘的其实不是那个并不爱慕自己的人，而是那一个永远也解不开的心结。对于甜蜜，我们往往容易忽视，而对于痛苦，却本能地念念不忘。多少年后再回忆起来，它好像还没有完全咀嚼干净的一块糖，总觉得一直粘在嘴里面，舍不得吐出来。但其实它早就融化掉了，早已是过眼云烟，根本不再甜蜜。

无论戴望舒是不是还深爱着施绛年，他注定不可能再拥有她。所以，把他的这首词看作是对旧日恋情的一种回顾，或许更为妥帖。即便是表达了隐隐的不舍，也只能是一种形式而已。就像每个人内心都有一个小小的秘密，觉着沉闷时，就将它掏出来透透气，让发霉了的它晒晒太阳。看开了，就没什么大不了。

然而他们的问题不仅仅在于此，戴望舒和穆丽娟之间的关系也存在很大问题。

日军侵占上海后，戴望舒举家迁走。虽远离国土，但他却依然心系祖国，写了许多抗日救亡的文字，甚至还参加了各种抗日救亡运动。此时，穆时英因做汪伪汉奸被国民党军统所杀，由于政见不同，戴望舒禁止穆丽娟回上海奔丧。半年后，穆丽娟的母亲去世，他刻意向她隐瞒了这一消息。她穿着大红色衣服招待友人时，被人调侃笑话，得知真相后，她极度震惊与愤怒。

穆丽娟一气之下带着女儿回到了上海，戴望舒再次试图用死来威胁感情，他服毒自杀却幸运获救，但穆丽娟还是下定决心要同他离婚。

那时她才23岁，有个年轻的大学生正在使劲地追她。退一步海阔天空，她再也不愿意待在这个永远无视她的男人身边了，她坚决放弃戴望舒。

他们开启了长达四年的分居，直到戴望舒遇到小他21岁的打字员杨静，他们的婚姻才真正结束。

1944年，回首往事，穆丽娟仍然耿耿于怀："他对我没有什么感情，他的感情都给了施绛年。"

杨静是戴望舒在大同图书印务局做编辑时认识的，她是一个南方女子，拥有南方女子娇小灵动的外表，她的出现似一团火，温暖了诗人潮湿的内心。

依然是闪婚。依然是他比她大许多岁。依然是不计后果的爱情。

婚后，他们的生活起初富裕而幸福，先后又生了两个女儿，此时，戴望舒的名望与地位，也让杨静颇为欢喜。他有车有房，能让她衣食富足。

此时的他已近中年，同穆丽娟离婚后不久，因从事抗日宣传运动，他曾被捕，在狱中坚贞不屈、受尽折磨，牢狱经历导致他患上了严重的哮喘病，而重新获得的美好生活，让他相当珍惜。

只是如今的他，最渴望的是现世安稳，可对于16岁就嫁给他的杨静来说，婚姻的意义绝非如此。对她来说，这场婚姻更像一段华丽的浪漫冒险，她反抗父母的阻碍，闪电进入婚姻殿堂，过着美好的生活，她需要的是别人的羡慕，还有这份婚姻带给她的骄傲与自豪，虚荣与热闹。

已经经历过蜕变的戴望舒，此时开始怀念起曾带给他岁月静好的穆丽娟，他真心懊悔："她那么体贴我，处处为我着想，谁说她不是爱着我呢？一切都是我的不好，都是我以前没有充分地爱她，或不如说没有把我对她的爱充分地表现出来。"

等他终于想通，想要表现爱的时候，却又再次抓错了时机，遇到了不对的人。这是一件多么悲哀的事情。

抗日战争胜利后，戴望舒带着妻女回到了上海。由于支持学生爱国运动，他被国民党当局通缉，不得已，他再次携家眷出走。但此时他的境遇却相当窘迫，哮喘加重，两鬓苍白，俨然一个需要被人体贴照顾的老者。

此时的杨静却扔下了这些烂摊子。她移情别恋，爱上了一个姓蔡的青年。戴望舒并没有提出离婚，而是百般忍耐，希望她能回心转意。但忍辱劝阻都没用，杨静坚决提出离婚。戴望舒捶胸顿足，摇头道："死了，这次一定死了！"

爱情带来的打击，令他五内俱焚。他的爱情，一直都是被伤害，被分手。他爱的女子，最终都选择残忍地离开了他。他厌倦了这块熟悉无比却惹他悲恸万分的土地，1949年，他决定与从英国返国的卞之琳一起回到北平，他说："不想再住下去了，一定要到北方去，就是死，我也要死得光荣些！"

这所谓的"光荣"，是不是就是为了摆脱两段婚姻带给他的伤感呢？

当然，他更是爱国的。回北京后，他在国家新闻出版总署工作，为了不耽误工作，刚刚做完手术提前出院的他，选择在家治疗，自己动手注射麻黄素。

他终归是太急了，急得如同想摆脱掉过去一切的不称心，这一次，他竟因注射的麻黄素剂量过大，不治而亡。

去世时，他年仅45岁。杨静从香港返回，同他做了最后的道别。

微疗愈：

初时，爱他如火，色彩缤纷；后来，爱是燃尽了的那一撮灰，轻而廉价。

许多人的爱情都经历过这种阶段，从激情燃烧，退却到如水死寂。

粉身碎骨的爱恋往往都没有好结果，第一次就燃烧殆尽，往后的所有，不过都只是在机械性重复。

其实许多人也都明白，只是有些放不下，只是有些不甘心，只是由于纠结无法释怀，因此才滋生那么多为什么。

当"为什么"变成心底一个巨大的感叹号，已然为时晚矣。

爱如空气，每时每刻，每一次，我们都应该珍惜。人生没有重复，回头重新来过，也未必就是最好。不要把每一次伤害衍生出新的感慨，而当潇潇洒洒，全情投入，这样才能涅槃重生，修成正果。

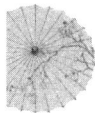

2. 你与我的小闲事
——鲁迅·许广平

我寄你的信，总要送往邮局，不喜欢放在街边的绿色邮筒中，我总疑心那里会慢一点。

——鲁迅

伯父的一位好友D先生，如今是国内知名大学的院长。D先生起先在一家不起眼的中学做普通教师，因为教学能力过于出众，受人孤立，屡遭排挤，忍着干了几年，他终于心灰意冷，毅然辞职。

伴随事业失意的是婚姻不幸。他的妻子也离他而去，原因大抵也就是"性格不合"等可以无碍公开的通俗原因。

如若是旁人，也许就此沉沦，一蹶不振。但D先生却并未被现实击垮，他考了研，读了博，之后一路高歌，越挫越勇，越活越精彩。多年后，遇到了志同道合的优秀女性，重新组建了令人艳羡的家庭。

人到绝境是重生，有志之士必将选择一条孤军奋战的道路，因为到了最后，你会发现，只有自救的精神足够强烈，才能真正解救自己。

这条路走得固然艰辛，却令人肃然起敬。

这样一个桀骜狂人

民国时期的文坛，犹如生长着锐利杂草的花园，可谓乱象丛生，分门别派、口伐笔战层出不穷。这其中最耀眼最引人注目的一颗巨星当属鲁迅先生。

对于他，毛泽东的评价极高："鲁迅先生的骨头是最硬的，他没有丝毫的奴颜和媚骨……"正是由于这种刚而不屈的性格，大义凛然的作风，"横眉冷对千夫指，俯首甘为孺子牛"的爱国精神，鲁迅在文坛脱颖而出，他留给后人的不仅是丰富的作品，还有作品中彰显的傲岸精神。

在先生的一生中，这种精神贯穿始终，他曾对许广平说："损着别人的牙眼，却反对报复，主张宽容的人，让他们怨恨去，我是一个都不宽恕的。"

将他称为百战不殆的文坛斗士，大概更贴切，更令先生开怀乐意。但鲁迅的最初愿望，却并不是当作家，而是当医生。

鲁迅的作品《藤野先生》里所写的，是他从东京到仙台留学时期的几个片段。那头顶盘着大辫子，高高的"山顶"耸起，油光可鉴，形成一座座富士山的留学生，打扮滑稽之至，却对此毫无自知。国人的麻木不仁、内心扭曲，犹如夕阳西下的那一抹残碎的晚霞，垂暮得令人唏嘘，觉醒了的爱国志士鲁迅先生，毅然决然地决定弃医从文。

"待到东京的预备学校毕业，我已经决意要学医了，原因之一是因为我确知道了新的医学对于日本维新有很大的助力"，鲁迅在自己的自传里曾描述过自己心路历程的曲折变化，而另一个广为人知的学医原因跟他父亲被庸医所害有关，但那时期的他，的确是试图以新的医学来疗救病苦并促进国人的维新信仰的。

但是可惜，日本留学的经历让他看到了中国人发自骨子里的劣根性，即使改变了中国人的健康状况，倘若灵魂仍然猥琐，那是何其不幸！他说"凡是愚弱的国民，即使体格如何健全，如何茁壮，也只能做毫无意义的示众的材料和看客，病死多少是不必以为不幸的"，精神的匮乏比身体的虚弱，更令人唏嘘哀叹，要改变中国，首先应从精神着手，而改变精神，首先是文学和艺术。

"寄意寒星荃不察，我以我血荐轩辕"，怀着这种浓浓的爱国救国情操，大彻大悟的鲁迅开始了自己振聋发聩的文学创作。

1918年5月，《新青年》杂志上发表了中国文学史上第一部白话文小说《狂人日记》，鲁迅这个笔名在文坛就此诞生，一发不可收。

《狂人日记》以犀利的笔法，大声疾呼的风格，对封建社会人吃人的落后残酷的现象做了辛辣的讽刺与抨击。这部小说奠定了鲁迅的创作基调，也使他成为现代文学的领军人。

纵观鲁迅作品，无论是早期的小说、散文，抑或晚年的新型历史小说《新编故事》，每一部作品，无不是在刻画劳苦大众的形象上笔墨尽染，酣畅淋漓。

《孔乙己》写了贫困潦倒、热衷喝酒却从不欠账的秀才孔乙己，他的同病相怜者——酒店的短衫顾客，却对他嗤之以鼻，嘲讽有加而毫无同情；《阿Q正传》里被人欺负的阿Q，在受人欺负的同时，却又将欺负人的大手伸向了比自己更弱小的小尼姑；《祝福》中，命运多舛的祥林嫂，她的悲剧非但没能得到同情，反被鲁镇的村民拿去当有趣的故事说与他人听；《伤逝》中子君和涓生为追求恋爱自由冲出一切阻碍后，由于生活的艰辛磨砺，软弱自欺的涓生抛弃了为爱私奔的子君，从而导致她的死亡，而自己也在追悔莫及中度日。这样的滋味儿或许比死亡还要可怕；《药》中的革命者夏家的小儿子夏瑜为国捐躯时，本该对他怀着敬重感恩之情的华老栓，却不惜花大钱买了他斩首时所流鲜血染好的馒头，回去给自己的儿子小栓吃……

　　能看透世态真相而对此剑拔弩张的人，大多自身也有刻骨铭心的经历。回顾鲁迅的早年生活，他祖父那一代属官僚阶级，家境富裕安康，后来很不幸的，祖父下狱，周家陷入困顿，而父亲又身染重病，贫困交加之际，他受尽白眼，尝遍了生活的艰辛。为生活不得不忍辱负重、打碎牙齿往肚子里吞的苦楚，恐怕也是他写作的源泉，正因为此，世人的丑陋真面目，才在他笔下形成千沟万壑，连绵起伏的图画。

不可避免的旧式婚姻

在日本留学期间，鲁迅被母亲一封家书急急招了回去。母亲在信上说"病危"，作为孝子的他急匆匆坐船返回国内，却不想由此陷入了家人为之安排的婚姻悲剧中。

擅长描写小人物悲戚命运的鲁迅，竟也没能逃脱命运的掌控。当他得知母亲是听信谣言，误以为他在日本已经娶妻生娃才撒谎急招自己返国时，虽悔得肠子已青，却也根本来不及了——26岁的鲁迅被七姑八姨九婶的，就那么生吞活剥般地安排了结婚。

而他要娶的女人是四岁便缠足的朱安女士。朱家人的教诲是，好人家的女子都是三寸金莲，大脚丑陋鄙俗，不成体统，女子无才便是德，唯开枝散叶、打理家务才是分内事，读书识字非正业。显然，这与留洋学习的鲁迅是格格不入的。

美好的婚约若不能建筑在根深蒂固的情投意合、志趣相投上，分道扬镳也是可想而知的。

就在结婚当天，当朱安穿的一双用棉花塞满的大鞋子不小心掉落，三寸金莲堂而皇之地暴露于光天化日之下时，鲁迅对她的厌恶就更加汹涌澎湃了。

她就像一只奋力往上爬的蜗牛，却不晓得他是一面她永远爬不得的墙壁。结婚当晚他便跟她分床睡，次日便分房，三天之后，他便离开了她，再次返回日本。

洞房花烛夜的喜庆，对他们而言除了沉默无言，更多的是伤感。鲁迅竟然背对着自己的夫人，轻轻地啜泣，哽咽至天明。

不是伤心到骨髓，他又怎能如此薄情而寡义？

而朱安的命运也在这之后的几十年，风雨飘荡如同一叶浮萍，卑微又凄惨，纵然她盼了一年又一年，纵然她待婆母如生母，纵然她勤恳温顺善良，她顶多也只能是周家名义上的媳妇。

人生尽处是荒凉。何止是她，同样如履薄冰的还有鲁迅。

他原本准备用一生将这种悲催奉陪到底的，命运却再次敲响了爱情的大门。带给他爱情滋味，让他终于鼓足勇气去爱的人，是他的学生许广平。

一面是颠沛流离、支离破碎、暗如渊壑的冰冷幽怨，一面是情投意合、芳心相许、甜甜蜜蜜的纯真爱情，鲁迅因此便成了辜负原配妻子而另娶他人的"负心郎"。

幸而遇见你，还好没放弃

许广平长得并不算漂亮，高颧骨，短头发，皮肤黑，个子小，但相比朱安，她却有绝对的优势，她年轻有才学，对鲁迅也崇拜有加。她借帮助鲁迅抄写手稿的机会靠近他，搅起他内心的涟漪，从而眉山目水间情意绵延。他说："我先前偶一想到爱，总立刻自己惭愧，怕不配，因而也不敢爱某一个人，但看清了他们的言行思想内幕，便使我自信我绝不是必须自己贬抑到那么样的人了，我可以爱！"

为爱冲出牢笼，于他而言，也许真是透着一股生命的悲壮。这样的苍凉夹缝之中求真求存的勇气，应该是夹杂着自责、夹杂着反叛的矛盾产物吧。因为这样的爱情，后来的他还被自己的弟弟周作人讥讽为色情心使然，因此做出纳妾之举。

对于鲁迅来讲，这个说法成为他心里一道无法揭开的疮疤。这疮疤不在于自身命运的多舛，而是亲弟弟的刻意鄙夷。可是，周作人为一个泼辣的日本妻子与鲁迅形同陌路、甚至仇若敌人，他的感情天平又比鲁迅好在哪里？

他的温暖只能给她，却不可能留给朱安。往后的日子，无论是荆棘遍地，还是生活潦倒，抑或青灯黄卷，陪伴鲁迅终生，照顾他一辈子的，都是许广平。而朱安则空守闺房，再也无法触碰到他。

作为那个年代的弱者，她不能另行改嫁，一个不识字的离异妇人，其后的道路不可能安顺平稳，因此，鲁迅拿一生去弥补，给了她足够的生活保障。说是遗憾，也是命运使然，朱安没有勇气冲出的桎梏，也埋葬掉了她或许可以重获的美好。

直到鲁迅病逝，许广平给朱安去了一封信，两个女人之间的无形战争，才算彻底了结。

而庭院深深中，鲁迅又因为另一个女人，而生生与自己的亲弟周作人心生间隙，兄弟反目。

他们兄弟二人原本志趣相投，都去日本留学，翻译日本著作，合作得很愉快，即便结婚后，也住在一个大院子里。造成兄弟老死不相往来的，是一个日本女人，周作人的妻子羽太信子。

　　都说日本女子以夫为天，温顺有礼，节俭勤快，但羽太信子却的的确确是个另类。她不仅气派阔绰，挥金如土，而且性格张扬，泼辣自负，时不时歇斯底里，盛气凌人。

　　外表上这个日本妇人对鲁迅恭敬有之，其实却心怀忌恨。她掌握家里的经济大权，自私泼辣，对鲁迅及朱安打骨子里鄙夷。有个传闻说是鲁迅偷窥她洗澡，因此周作人一气之下写信与鲁迅绝交，十有八九应是她编造而致。

　　兄弟不和后，鲁迅搬出去租房住。他生了一场大病，却在遭受污蔑后，保持缄默，闭口不谈自己所受的委屈，可想而知，这件事对兄弟二人，特别是对鲁迅造成了多大打击。

　　有人说最深的痛苦最难启口，这话极有道理。鲁迅看似不辩解的高明，极可能是切肤之痛，深入骨髓，因而无从说起。因为一个日本女人，几十年兄弟之情毁于一旦，亲情血脉，薄凉悲苦。

　　作为男人，他忍了，忍得如此窝囊而小心翼翼。

　　这样的做派跟他在文坛上的口诛笔伐、直言不讳的行为，大义凛然、犀利透彻的咄咄气势，形成了鲜明对比。

鲁迅曾说，"敢说，敢笑，敢哭，敢怒，敢骂，敢打，在这可诅咒的地方击退了可诅咒的时代。我的坏处，是在论时事不留面子，砭锢弊常取类型"，他的骨头硬，但却从不要横，他不给人留面子，却为社会留下值得反复回味的真理，震撼着人们的心灵。据传曾有国民党特务想要暗杀他，听完他一番激烈陈词的爱国演讲，便放弃了。

"真正的勇士，敢于直面惨淡的人生，敢于正视淋漓的鲜血……苟活者在淡红的血色中，会依稀看见微茫的希望，真正的勇士，将更奋然而前行"，这是鲁迅对刘和珍君的纪念，更是鲁迅对自身的希冀与写照。

微疗愈：

倘若想到一个人，总立即怕自己"不配"，那毫无疑问，一定是爱了。

很多时候，越是深爱一个人，便越会挑剔自己，深怕自己不够好，亦担心不能为他做到最好，不能在最美的时刻相遇。胆战心惊，恰是最适合真爱的字眼。

可无论内心怎样百转千回、低至尘埃，却依然顽固地想要争取，想到他，就浑身血液上涌，这份爱必然又是沉甸而严肃认真的。

我们见惯了鲁迅怒发冲冠的样子，很难想象他也有笨拙而又幼稚的一面，不曾料到中了爱情蛊的他，竟也是一位清新、可爱、单纯的怪蜀黍。然而，这才是陷入爱情中的所有人的模样，即便是鲁迅，也难逃例外。

男人的口诛笔伐、剑拔弩张，往往在心爱的人面前弃甲曳兵。在心爱的人面前，他们可以卸下所有伪装。

可以说，从蹒跚学步的婴儿，到成家立业的壮士，男人的一生中逃不过两个心爱的女人：给予他养育之恩的母亲，以及让他垂怜爱慕、魂牵梦绕的爱人。

孝顺对每个人根深蒂固，延续至今，更不要说慈孝至上的民国时期。可也正因为这份孝，许多思想进取的男人，却又不得不委曲求全。

母命难违的鲁迅，在母亲一道"圣旨"之下，仓促而极不情愿地娶了朱安，一面是嫌弃，一面是愧疚，这使得他感觉人格分裂，倘若不是遇到主动而决断的许广平，也许他会继续深陷其中，一生难以自拔，伤人害己。这也难怪他对她两地相思，深情似火，毕竟，有些时候，过度的孝顺，与愚孝无异，而好的爱情却能让人幡然醒悟。倘若邂逅一个能解救自己于水火的人，不顾一切，就是爱情最好的代名词。

对于朱安，只能说她是那个时代的牺牲品，换到当今，任何女性都不应该，也不值得空守一段无望的婚姻。

3. 你是我人生不多的温暖

——邵洵美·盛佩玉

初见你时你给我你的心，里面是一个春天的早晨；
再见你时你给我你的话，说不出的是炽烈的火夏；
三次见你你给我你的手，里面藏着个叶落的深秋；
最后见你是我做的短梦，梦里有你还有一群冬风。

——邵洵美

大学同学聚会，一群人吃完饭围坐在一起闲聊，谈话间，出现频率最高的要数L同学。那时，她是我们隔壁班的班长、学校学生会的副主席，肤白貌美，顾盼生姿，一举一动间自带女神光环，据说她的家境也特别好，是标准的白富美。

　　记得当时班里不少男同学慕名暗恋她，但她从未正眼瞧过。而女生寝室里每晚的聊资也都是她，不过相对男同学的爱慕而言，女生对她则是与生俱来的嫌弃、厌恶与排挤。

　　也不难理解，鹤立鸡群的人往往形只影单，这是人类的妒忌心在作祟。尤其人的心理有一个"忌近慕远"的原则，对于身边的优秀人士，大部分的心态往往都是不甘、不服，倘若换成不熟悉的陌生人，那份光芒可能就会被广为扩散，形成鲜明对比。

　　女生对女生的妒忌往往靠嘴皮子，所谓"众口铄金，积毁销骨"。天底下毁人于一旦而不费吹灰之力的莫过于人的那张嘴，女人擅长此道，其实男人也不弱。

　　当初追求L同学的那个男生，如今已经娶妻生子，谈笑间对她尽是鄙夷，不停拿自己夫人的各种好，来对比如今据说下岗且遭遇前夫抛弃的L同学，仿佛曾经追她，是一生当中犯下的最愚蠢的错误。

　　我心里不禁唏嘘，假设过往不曾对这位男同学有过一丁点熟悉，那么今天，他所吐槽的L同学，大概在外人眼里，果真可能就如他口中百般唾弃的这般差劲吧。我们很难揣摩他人的真实想法，但我们可以做到的是，永远不要轻易相信流言蜚语。

洋场阔少的动荡人生

提到邵洵美这个名字，知道的人很少，在中国现代文化史上，他几乎是一个模糊的存在。但提到鲁迅，众所周知。后人非议邵洵美，在不了解他的情况下，对他嗤之以鼻，就源自于鲁迅先生的笔墨游戏。

鲁迅先生对邵洵美的攻讦不止一次，在他多篇著作中均有提及，且是刻意为之。他写道："邵公子有富岳家，有阔太太，用陪嫁钱，做文学资本。"杂文《拿来主义》中又说，"我们之中的一个穷青年，因为祖上的阴功（姑且让我这么说说吧），得了一所大宅子，且不说他是骗来的，抢来的，或合法继承的，或做了女婿换来的……"，下面的注释写道"这里是讽刺做了富家翁的女婿而炫耀于人的邵洵美之流"，这个注释无异于赤裸裸地把邵洵美定格在无耻之徒的羞耻柱上。

往深了追溯，他们二人其实并无多少交往，邵洵美虽是"富家女婿"，但他自己也是家世显赫，他的祖父邵友濂官至一品，先后出任湖南及台湾巡抚；外祖父盛宣怀又是中国近代第一大实业家，被称为"中国首富"；叔外祖父是李鸿章，也是响当当的人物。

论富甲一方，邵家与盛家称得上门当户对。虽然邵家后来败落，但显贵门第依然也非平凡人家所能比拟。而况，男人有幸娶心爱之人为妻，恰好妻子又是大家闺秀，结一门双方满意的郎情妾意的婚姻又有何不可？

与鲁迅相比，施蛰存对邵洵美却是溢美之词。他评价邵洵美说："洵美是个好人，富而不骄，贫而不丐。"无奈鲁迅擅长口诛笔伐，战斗力几乎无人能及，所以，施蛰存的一番赞词，并未对邵洵美的人生起到太大的帮助。

对于鲁迅的指责，邵洵美心知肚明，却没有站出来唇枪舌剑。或许他生性恬淡，不喜与人为敌，又或许自认不是鲁迅对手，因此沉默无言。总之，对于这盆污水，邵家后人每每提及，都是忍不住义愤填膺，怒火中烧，而邵洵美则选择在沉默中承受。因为鲁迅的抨击，晚年他受了许多苦，因此也有人说："邵洵美是一个严重被低估的文化人。"

邵洵美5岁入私塾，读完私塾进入圣约翰中学，这所中学的教师几乎都是洋人，学校的授课教材也几乎都是英文，因此他的英语说得特别好。成长的环境将他培育成一名儒雅、浪漫、颇具才情的少年。再加上他身材高大，肤白貌美，长着一张温雅俊秀的脸，鼻子长而挺拔，颇有希腊美男子的风采，哪怕是穿着旧式丝绸破棉袄，敞着领口，须发蓬乱，也能让人感到风流潇洒、气度非凡。

他与妻子盛佩玉本为表姐弟关系，邵洵美的母亲是盛宣怀的四女儿，而盛佩玉是盛宣怀的孙女，盛佩玉称邵洵美的母亲为"四姑母"。

16岁时，邵洵美参加盛宣怀的葬礼，在盛家与盛佩玉初次相遇。邵洵美对她一见钟情，安葬完盛宣怀，亲戚们都跑去杭州散心，住在清泰第二旅馆，邵洵美又偷偷拍了她的照片，并因为她改了自己的名字。

他的原名叫邵云龙，因为《诗经》里有"佩玉锵锵，洵美且都"一句，他就把自己的名字改为了"洵美"，"洵美"对"佩玉"，遥相呼应，简直天作之合，他改这个名字，正暗示着对她深情的爱。

19岁时，邵洵美即将前往英国剑桥大学留学之际，他请母亲代自己向盛家求婚。邵、盛两家本就关系匪浅，现在"肥水不流外人田"，亲上加亲，做长辈的哪有不高兴的道理？很快，双方家长就默许了这桩婚事。

当时民国政府颁布《亲属法草案》规定："近亲不得结婚，但表兄弟姊妹不在此列。"于是，他们之间的爱情隆重上演，合情合理合法。

临别前，盛佩玉送给邵洵美一件定情信物——一件白毛线背心，并要求他"不可另有女人，不可吸烟，不可赌博"，邵洵美立即答应，并作了一首诗回赠她。

天雷勾地火的爱情往往如昙花一现，信守承诺则是对爱情最忠贞的表达。

留学途中，他每到一处，就会选购一些精美的明信片，写上几句思念的短诗，寄给盛佩玉。回国后，他把这些短诗结集为诗集出版，扉页上印有"赠给佩玉"，足见他爱她之深，并非贪图盛佩玉的家世。

留学期间，邵洵美结识了与他长相非常相似的徐志摩，成为好兄弟，同时还与徐悲鸿、张道藩等人做了朋友。

说起他跟徐志摩的友情，应该最为亲密。1925年，在剑桥大学读书时，邵洵美在市中心的广场散步时，一个卖旧书的老人总会叫错他的名字，说他跟一个姓徐的人长得一模一样。邵洵美莫名其妙，后来遇见徐悲鸿等人，大家异口同声说他长得太像徐志摩了。邵洵美这才恍然大悟。

在欧洲，他跟一个朋友漫步在大街上，忽然被一个人拉住，喊道："志摩，我把你的弟弟找到了！"原来，徐志摩对于他们二人样貌相似也有所耳闻，没等旁人说话，就一把拉住邵洵美的手说："弟弟，我找得你好苦！"

两人相逢恨晚，虽然年纪相差10岁，但彼此毫无隔阂，以兄弟相称，相谈甚欢。邵洵美在事业上的发展也受到了徐志摩的影响。

国外留学未到两年，因家里遭遇火灾，经济吃紧，加之老祖母思孙心切，邵洵美迫不得已提前回国。1927年，他与盛佩玉在卡尔登饭店举行盛况空前的婚礼。婚礼的证婚人是大学的创始人马相伯，徐志摩、陆小曼、郁达夫、刘海粟等人前来祝贺，两人的结婚照还刊在《上海画报》的封面上，一时成为上海滩的时髦话题。

1927年4月，受朋友邀请，邵洵美出任南京市市长秘书，但仅仅只干了三个月，他就辞职回家。官场对他来说，如同牢笼，他自认不是当官的料，发誓这辈子不再当官。他的女儿评价父亲时说："爸爸是一个做学问的人，一个正直的人，一个爱国的人。他一生所坚持的'三爱三不爱'即'不爱金钱爱人格，不爱虚荣爱学问，不爱权力爱天真'。"

从这个细节可以看出，邵洵美其实是个比较单纯的人，官场的黑暗他不愿沾染，保留自身的洒脱不羁、自由自在，逍遥地过好自己的日子，才是他的追求。他家世显赫、富裕，但他并不希望自己像其他富家子弟那样，靠着祖上留下来的钱荒废人生，他要用"上天赐给自己因以求生的手和脚"有尊严地生活，所以，把他解读为不务正业的"富家女婿"，的确是一种偏颇的看法。

邵洵美一生爱做的事情，都与书有关：买书、写书、翻译书、出书。他最大的梦想就是要在文学上创出一番事业。

他办书店、编杂志、搞出版、办印刷厂，先后出版《新月》《狮吼》《诗刊》《论语》半月刊、《时代》画报、《人物周刊》等十几种刊物，并出版抗日杂志《自由谭》等。事业鼎盛之时，他名下有七种刊物同时出版，平均每隔五天，就会有两种刊物面世。这在中国出版界，几乎无人能及。

位于上海淮海中路的家，是邵洵美与一众友人的聚集地，也是当时文艺界的根据地。著名影星周璇与他比邻而居，郁达夫、徐志摩、刘海粟、陆小曼、林徽因、施蛰存、钱钟书等都是这里的座上客，客厅的大灯几乎每天都陪伴着他们高谈阔论，直到天亮。

1930年，邵洵美斥巨资向德国购买了当时世界上最先进的全套影写版印刷机，开办了时代印刷厂。这套机器在新中国成立后被政府征购，成为《人民画报》的印刷机器，在此后的二十多年里都不曾落后。他还同友人张克标一起创办时代图书公司，是当时中国出版界规模最大的出版公司。

因为出版业务众多，他的万贯家产到后来丧失殆尽，盛佩玉不仅没有埋怨他，反而对他万分理解。

1933年，萧伯纳造访中国，邵洵美是世界笔会的秘书，负责接待，他得知萧伯纳不吃荤，就在中国笔会的宴会上摆了一桌素餐。当时参加宴会的有林语堂、蔡元培、宋庆龄、鲁迅等，邵洵美在宴会结束后亲自结了账。

众人离开时，邵洵美见鲁迅无车返回，他便用自己的车将鲁迅送回府上。然而半年后，他忽然成了鲁迅笔下严词讨伐的对象。也许邵洵美一直都没彻底想通为什么鲁迅对自己的态度会是这样，但仔细剖析，其中还是有迹可循的。

鲁迅是左翼文化的代言人，提倡和关注现实主义文学，而邵洵美是个唯美派，提倡诗歌唯美。再加上鲁迅与新月派的宿怨，以及邵洵美同新月派的密切关系，这种文学流派间的彼此讨伐，或许就可以为鲁迅的做法找到一个合理的借口。

文学流派各有千秋，百花齐放，虽然无关孰是孰非，但志向不同，很容易令人分道扬镳，何况那时新月派的元老级人物胡适、徐志摩、梁实秋都已经远走高飞，邵洵美自然而然就成了令人瞩目的新月派新晋掌门人，他在鲁迅的射程之内，就顺理成章了。

曾经是风流潇洒的富二代，后来却寥落不堪。他的人生成为一段被扭曲、被误读的历史，这其中的大起大落、辛辣酸楚，让他比任何人都更懂得人间冷暖的别样滋味。

正所谓：成功，你会明白一点；失败，你将明白一切。

落魄才子遇上传奇女子

盛佩玉对邵洵美曾经约法三章，其中之一便是"不许另有女人"。但这个承诺，却被美国女子艾米丽·哈恩打破了。

艾米丽·哈恩是《纽约客》杂志社的中国通讯记者。1928年，艾米丽在纽约亨特女子学院任教时被该杂志聘为特约撰稿人，这个杂志在美国享有很高的地位，发行量惊人，稿费丰厚。能够在这里发表文章，对任何作者来说，都非常值得自豪。但艾米丽却轻而易举地成为这里的常客，并终身为杂志写稿。她有一间自己的写作室，窗明几净的房间里时常可以看见她忙碌的身影。

艾米丽为人热情，身上有着一股与众不同的洒脱气质与拼搏精神。1935年，艾米丽跟姐姐一起来到中国，靠着稿费的不菲收入，她在上海过着富贵有余的悠哉生活。她的交际圈多是以银行家、政客、外交家、大老板、外国来的记者作家等为主，是一般华人无法融入的圈子。

当时的邵洵美交友广泛，中外友人来者不拒，是拥有七家出版刊物的诗人、作家，为人慷慨大方，还能说一口流利的英语。

他们相识于上海兰心大剧院，她被他的俊美的外表及卓越的才华深深吸引，当晚根据上海话的发音，邵洵美给她取了个中国名字"项美丽"，之后两人一同游南京，恋情就这么徐徐展开了。

爱情来得猝不及防，尽管邵洵美已经结婚，并且是五个孩子的父亲，她跟他的交往，最好的结局不过是"他的妾"，但项美丽对此却毫不在乎。

与一般"小三"不同，对于自己尴尬的身份，项美丽不仅没有逃避躲闪，反而经常大大方方地出现在邵家。邵洵美还给她取了个比较亲密的昵称，叫"蜜姬"，邵家上下所有人不仅不讨厌她，还非常喜欢她，都这么亲切地称呼她。这种事情发生的概率太小，简直可以用"天方夜谭"做批注，但其实这跟项美丽的性格有很大关系。

据邵洵美的子女后来回忆，项美丽是一个穿着朴素、待人很热情的人，她从不把自己打扮得妖冶浓艳，她的性格与众不同，对中国文化尤其感兴趣。当时围绕在她身边的追求者众多，有波兰的外交官、英国海军军官、爱尔兰记者等，然而她却深爱着邵洵美。姐姐离开中国时，她毅然选择了留下来，一住就是五年。

"八一三事变"后，邵洵美举家出逃，搬到项美丽居住的法租界，比邻而居。因为逃难，邵家有许多家当都留在了日占区，包括从德国进口的那台影写版印刷机。项美丽凭借外国华侨的身份，弄到了一张特别通行证，谎称印刷厂和家都是她的，只身带领十名工人，雇了一辆卡车，亲自举着美国国旗押车，一天来回17次，将邵家遗落的家财从日本占领区全部抢了回来。也因为这件事，盛佩玉对她刮目相看，感激之余，送给她一只极好的翡翠戒指，并从心底里接纳了她。

　　为了证明自己的爱情，项美丽拉着邵洵美一起去领了结婚证，盛佩玉对此也表示默许。当时上海的报刊上对此事争相报道，连美国的杂志也引用项美丽的大幅照片，标题为"她是中国男人的妾"。

　　后来，项美丽想写《宋氏姐妹》，邵洵美便为她引荐，促成她的采访。要知道宋霭龄当年是盛家的英文教师，盛佩玉的姑姑盛七小姐还与宋子文有过一段情。

　　可以说，这本传记是项美丽的成名作，但也成为二人分别的契机。为了写这部书，项美丽不得不跟着宋氏姐妹远走天涯，而邵洵美此时选择留在上海，他担心自己一走，家人会受到日本人的伤害和摧残。项美丽远在重庆，曾经写信请他过去，但邵洵美最终没有前往。

这一别，成了二人的永别，之后，项美丽去了香港，结了婚，又回到了美国，自此再也没法来中国，她无法拿到签证。

两人后来仅有的一次见面是在1946年，此时，项美丽已是非常有名的女作家。她住在美国，已是两个孩子的母亲，生活很拮据。邵洵美不忍，卖掉了自己收集的邮票，凑了一千美元，全部送给了她。

然而邵洵美怎么都没有想到，这一千美元，竟成了他日后人生悲剧的源头。

上海解放后，邵洵美的生活日益窘迫，1958年，他的弟弟在香港病重垂危，为了给弟弟看病，邵洵美给远在美国的项美丽写了一封信，希望她能将那一千美元归还。没想到，这封信竟然成为他的罪证，"历史反革命""美蒋特务"的帽子扣在了他的头上，他为此蹲了四年监狱。

1968年，邵洵美去世。远在美国的项美丽从未忘记过他，她把对他的爱，全部转化为写作，她把她在重庆、上海及香港的经历，写成一本畅销书《我所知道的中国》。

在她数十年的写作生涯中，有十本书是关于中国的，四本是关于邵洵美的，其中一本名为《我的中国丈夫》，她写道："我觉得中国没有邵洵美就不可爱了。"

因为一个人，爱上一座城，因为爱上这个人，而爱上这个国家。岁月变迁，水流云散，风流是一指流沙，真爱却永不会改变。

微疗愈：

人生是一条无法回头的大路，一路有冷暖风霜，也有风景绚丽，你的人生，是一片荒芜，还是鲜花盛开，取决于你的姿态和心态。你的姿态，决定别人对你的态度；而你的心态，决定生活对你的回馈。

我们时常会感慨，"越长大越孤单，越长大越不安"，年岁增长，心智成熟，内心占据的东西也源源不断，诸如欲望、攀比、虚荣、矛盾和竞争等。而邵洵美在遭遇非议、误解甚至于致命打击时，非但没有睚眦必报，反而在跌跌撞撞中施展人生减法，他的快乐就源于这等豁达、简单、平和、淡泊的心态。

他很明白，人活在世，除了家国责任，还要对自己的人生负责，只有看得透、想得通、首先学会爱自己，淡看得失，才能让日子过得风轻云淡，潇洒惬意。

他的生活里除了读书，便是爱情。爱情让人拥有浪漫和温情，而读书亦使人胸怀开阔。两者相映成趣，让他充满人格魅力。可以说，无论是结发原配，抑或红颜知己，都是因为欣赏他的磊落、坦荡，而倾心相许。因为他，两个女人之间竟能和睦相处，而非上演每天一轮的妻妾闹剧，不能不说，这实在是一桩人间难得的美谈。或许，生活在阳光包裹中的人，总能走好运，元气满满。

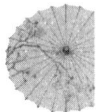

4. 自是人生长恨水长东

——张恨水·胡秋霞

我怎么就失去你了呢？你的好，我都想起来了。

——张恨水

苏州做生意的朋友Y，每次聚餐，总少不了"套路"："有多少外表光鲜的人背后，浸染着无穷无尽的泪水。"

我们笑他煽情，却也格外享受。12岁那年，他家道中落，背负巨债的父亲喝农药自杀，母亲处理完丧事，连夜带着他偷偷逃离，从此故土蒸发，不知所终。

堂堂逞强好胜、一言不合就打架的富二代，还未明白家庭为何变故，就不得不随母亲辗转迁徙，一路遭遇白眼无数，也忍耐无数，仿佛一夕之间就学会了隐忍、自省。奋斗数十年，吃过无数苦，才终于拥有了今天的地位和成就，却再也不懂当年嚣张自负为何物，俨然成了谦恭君子一枚。

说到母亲，更是哽咽不止，他说，为了养活他，母亲做过无数种苦工，常常腰腿酸痛，彻夜不眠，偷偷呻吟，然而第二天天不亮还是早早爬起，装作没事人一样出去打工。

他被母亲感染到，开始通宵达旦地学习。初中曾在班里倒数前十名的他，高中考大学，竟然考了全校第一。大学本科读完，又被保送读研，之后更是一路开挂，越奔跑越奋勇，等他停下来稍作休息，回头张望，才突然发现，原来的那些同学都被他远远甩在身后，他活成了人人仰慕的奇迹。

毕业后，他没有进入许多人羡慕不已的国企工作，而是选择了创业，在经历了一次又一次大大小小的失败后，终于被幸运女神眷顾。

说到这里，他再次"套路"："一个人从哪里跌倒，就要从哪里爬起，永远不要放弃自己的初心。"

鸳鸯蝴蝶，不应该的恋爱

张恨水的原名是张心远，恨水是他的笔名，取自南唐后主李煜的"自是人生长恨水长东"一句。他是民国最多产的一位作家，一生著有小说130多部，近3000万字，堪称著作等身。

《春明外史》是张恨水的成名作，这本90万字的言情小说风靡北方，长达57个月。影视公司对他的小说也格外青睐，《啼笑因缘》《金粉世家》被陆陆续续搬上荧幕，至今不断。

张爱玲是他的铁杆粉丝，鲁迅母亲也是，逢新书出版，鲁迅都会买来给她看。读者更是排起了踏破报社门口长龙，洛阳纸贵，轰动一时。这些盛况，都让张恨水的名字在当时如日中天，倘若在今天，他的著作版权一定是作家队伍里最贵的。

这样一位多产的才子却并非出身文人世家，他的祖父、父亲都是有名的武将，据说曾在曾国藩的部队里待过，他们有一手绝活，伸手就能用筷子夹死苍蝇，且只是翅膀断了，身体却还完好无损。父亲曾让他继承这项本事，可是张恨水大概天生就是弃戎从文的命。

他是擅长描写儿女情长，让人读罢忍不住泪沾衣襟的作家，但现实的人生却与他作品的浪漫多情截然相反。他一生中经历三段感情，19岁结婚，直到36岁才遇到了人生的真爱，尤其前两段婚姻，更是令人啼笑皆非，真的就像一部长篇小说，让他惆怅万分。

热爱写作的人大多有丰富的情感经历，这些现实中的惨淡，随着岁月交织，如同血液一样深入骨髓。渐渐地，就演变成自身的财富，信手拈来，独具一格，且毫无造作之感。世间最好的文艺作品，皆出自本色。也许正是感情上的不顺，让张恨水才情大发，满腔抑郁都落笔于文字中，如同滔滔江水，一发不可收。

张恨水渴望自由恋爱，他是反对一夫多妻制的，但上天给他开了一个巨大的玩笑，几乎令他对感情心灰意懒——他的一生，注定不可能只结一次婚。

19岁的男子，按照旧式风俗，早到了成家立业、传宗接代的年纪，张恨水的母亲便为他物色了一个叫徐文淑的女子，她知道自己儿子心高气傲，还特意拉他过去先目睹新娘面容。在戏台下，张恨水看到了未来的夫人，一个长相清秀端庄、外貌脱俗的女孩子。容颜入眼，他也就答应了这门亲事。

但谁也没有料到，结婚当晚入洞房后，当张恨水用秤杆挑起新娘的红盖头时，顿时傻了眼。面前的这个女子哪里是那日与他遥遥相望的清丽女孩？眼前的她长得一口大门牙，露出唇外，嘴巴怎么都合不拢，一张大花脸，一双裹过的小脚，是地地道道的丑女子。

这无疑是徐家使了调包计，大概是怕自家女孩太丑嫁不出去，所以竟能如此欺人、气人，连礼义廉耻都顾不得了。感觉被欺骗耍弄的张恨水自然咽不下这口气，深受打击，当夜就逃出了洞房，来到一座小山上。

黑乎乎的山峦，寂寥无比的夜，明月当照，月下是一个孤单无助的身影。此时的张恨水空对明月深叹息，欲哭无泪，那是一幅怎样凄冷的画面。

古人以孝为首，既然是母亲做主让他结的婚，加之亲友争相劝导，万般无奈的张恨水也只能认了这个苦，咽下这口气。但他实在没法面对妻子，没多久还是以求学的名义离开了家。

徐文淑虽然是旧式女子，长相丑陋，但为人温厚，对公婆很好，张恨水虽然在内心排斥这段感情，但对她仍以夫妻之礼善待，两人生了两个孩子，虽然后来两个孩子都不幸夭折，但他一直供养着她。

就在此时，他的第一部言情小说《南国相思谱》，在芜湖的报纸上连载了。他把现实生活中得不到的爱情，淋漓尽致地寄托在自己构思的小说里，他只能借这样的方式来宣泄。

后来，漂在北京的张恨水经朋友介绍，来到一所收留流浪女子的平民习艺所。在这里，他遇到了胡秋霞，他的第二任妻子。

胡秋霞年轻活泼、心地善良、心直口快，从来不会耍心眼。因为她的淳朴可爱，张恨水对她日渐生情。他把自己感情的不如意，通过怜爱的方式，统统寄托在了胡秋霞身上。她不识字，他就教她，后来她已经能简单地看报纸了，但终究因为太贪玩，没能学得更深入。

先不说古人讲究"门当户对"，大抵也就是双方要三观一致、精神相投，夫妻间有共同的语言，能够沟通，这样的婚姻才能美满而长久。但第二任妻子胡氏的蒙昧无知，常使得张恨水呆坐无言，他讲的她听不懂，她讲的他不感兴趣，两人精神上的裂缝越来越大。

1931年，长篇小说《啼笑因缘》单行本的出版引起了轰动，张恨水声名大噪。这时候的他已经36岁了。从19岁到36岁，漫长的17年，陪伴他的只有创作，只有创作才能让他忘却婚姻带给他的无尽忧伤。

这时，他遇到了生命中的良人。她叫周淑云，是春明女中的高中生，出生在一个没落的封建官僚家庭，她是张恨水的忠实粉丝，除了爱看书，还特别喜欢京戏。她的爱好跟张恨水如此相似，仿佛是上天为了犒劳他，而赐给他一个红颜知己。

他们常常结伴去看戏，虽然他比她大十几岁，但两人却有很多共同语言，他们品读小说，演绎戏曲。她唱，他拉，琴瑟和鸣，情投意合。年龄上的差距对他们而言毫无关系，很快他们便结婚了。婚后，她深得婆婆喜爱，跟小姑子相处也融洽。

她成了他心头的一颗朱砂痣，他亦终于实现了自己的"红袖添香夜读书"的愿望。

张恨水后来给周淑云改名为周南，抗战期间，她不顾战争的危险，万里不辞来到重庆与他团聚。在最艰难的抗战时光里，张恨水曾得了一场大病，周南为了照顾他，吃尽苦头，却从不抱怨。在照顾他的过程中，她也得了重病，为了不给他增加负担，她瞒着他，直到后来她的病日益严重，最终因癌症去世，让张恨水悲恸不已。

新中国成立后，有些人抓住张恨水一生结婚三次的把柄，抨击他风流多情，对他的人，连同他的作品一起批判。对此，宋海东的一段评语似乎更恰如其分："张恨水是大才子不存在疑问。至于是否风流倒不好评判，因为现代人对风流的理解是有歧异的。应该讲，在琴棋书画、花鸟虫鱼、饮食粉墨方面，他均有涉猎。显示出风流才子的本色。然而，在情感领域他是一个严谨的男人，一个负责任的男人，一个懂得做人基本操守的男人。"

浪漫作家的不浪漫人生

张恨水的写作生涯可以划分为两个阶段，1949年之前，他是所向披靡的大作家，红遍大江南北，妇孺皆知。各大报刊、出版社竞相争抢他的作品，就连盗版也是层出不穷，但凡连载他的小说的报纸，均销路无敌。

而1949年之后，他被戴上了"鸳鸯蝴蝶派"的帽子，那些新文学家认为他只是一个卖文糊口的小人物，甚至连作家都称不上。以周作人、茅盾、郭沫若为代表的一批人对他展开了激烈的批判，不仅如此，无人请他做报纸杂志主编，他写的文章再也不被刊登，甚至写出的书也无法在国内出版，对于以写作为生的他来说，这几乎是致命的打击。须知，曾经的他是国内唯一仅靠稿费就能生活无忧的人。

都说文人相轻，不晓得是不是先前的他太过锋芒毕露，所以才给自己的人生埋下了隐患。对于人性而言，历史的考究终究一言难尽。但是，他之所以遭遇如此沉重的打击，文学派系之争是其中一个很明显的原因。

新文化运动的兴起，让一些人嘲讽他只会写章回体的旧式小说，只能写萎靡的封建男女的爱情，却忘了正是他写的这些爱情，让不少政治人物对他刮目相看。

张学良十分仰慕张恨水的才华，曾三度请他出山为官，但张恨水对政治毫无兴趣，坚辞不就。抗战结束后，张学良被关在贵州，张恨水路过那里，还曾想去看望他。

陈独秀是张恨水的老乡，在陈独秀风光无限的时光，张恨水从未与之交往，相反，在陈独秀最孤独寂寞的岁月里，他却对他给予了十足的关怀。同样，新中国成立后，鲁迅威望日增，许多文人都以能跟他扯上关系为荣，但张恨水虽然一直在正面宣传鲁迅，但却从没主动去沾鲁迅的光，而擅长口伐笔战的鲁迅，对张恨水也十分留情，从未攻击过他。

为了改变窘境，张恨水开始创作大量写实性小说，这些小说均以抗战为题材，表达了自己抗日的精神，爱国的情操，《大江东去》《巷战之夜》《热血之花》等都是这时期的作品。可是不久后，张恨水却因创作大量抗战小说而上了黑名单，被迫离开北京。"十年豪放居河朔，一夕流离散旧家"，这是怎样的一种伤感？

之后的八年里，张恨水全家住着三间茅草屋，过着贫寒窘迫的生活。他们没能照过一张相，没有一张留影，但后来的子孙回忆起来，依然记得他坐在一张破桌子前，戴着一副老花镜，用筷子把米里的麸子和虫子一个个挑出来的情景。这一幕中的那个花甲老人，就像经历了跋山涉水后的隐士，让人怦然心疼、肃然敬畏。

后来，张恨水应陈铭德夫妇邀请回到北京筹办《新民报》，他的回归，让喜爱他的读者奔走相告，许多人为了订购他主编的报纸，在清晨拂晓，趁着夜色尚未褪尽就迫不及待地赶来了。报纸一出来，就被一抢而空。洛阳纸贵的历史画面得以重演，张恨水又迎来了他的另一个创作高峰期。

不过，那也是他的最后一次高峰了。他写下《梁山伯与祝英台》《秋江》，在香港的《大公报》上连载，再次受到追捧。《逐车尘》《牛郎织女》《磨镜记》《重起绿波》《卓文君传》《凤求凰》等均由中央新闻社发表，作品远销海外。后来，他的旧作《夜深沉》等也相继出版。不过，这些作品却只在海外传播，中国本土基本无缘。

而彼时，荣誉也好，失意也罢，都无法代替家庭在张恨水心里的位置。从高处摔下，又被人狠狠踩在脚底的孤单单老人，曾因为思念女儿，竟在半夜哭湿了枕头。

一生中，他以文为生，创造出无可替代的佳绩，却一直被排除在主流之外，山雨欲来风满楼的境遇让他的内心苍凉而沉痛，但他只是以沉默应对。

1967年的正月初六，他还拖着病体颤巍巍地给先人下跪。晚间，张恨水挑灯夜读《四部备要》，被儿女央求早点休息后，说了一声"好"。这是他留给人间的最后一句话。

次日清晨，家人为他穿鞋时，他忽然向后仰去，没有一丝呻吟，用他毕生沉默寡言的方式，为他的人生之旅画上最后的句点。

微疗愈：

人生最痛是什么？你超群出众，却难以驭心而行，眼睁睁看着一个个不如你的人，逆袭赶超。

他们并非不够优秀，也绝非慵懒成性，相反，他们常常凿壁偷光，废寝忘食，仅仅只是因为缺了点运气，或者说，生不逢时。

张恨水的一生无疑是颠沛流离的，他是章回小说的集大成者，中国的大仲马，民国第一畅销书作家，他也为新文学与通俗文学的交融做出了杰出贡献。但他却又是最倒霉的，鼎盛时，他可以同时创作六七部作品，妇孺皆知，争相购买，但他却始终攀不上文学的最顶峰，他不是那里的常客，不受待见，甚至还遭遇封杀，不是他的作品不够好，而是他的作品不是社会"主流"，因此被忽略、埋没、轻视、冷落，甚至被有些人刻意抹杀，他的独特性、成就，在相当长的时间里被尘埃淹没。想起来，不免总令人唏嘘遗憾。

然而，即使一生遭遇劫难，老先生却顽固得令人敬佩，哪怕疾病缠身，年逾花甲，依然保持旺盛的创作力。他从未借助自己的交际关系，祈请谁给予帮助，即使后来惜才的周恩来总理向他伸出援手，他也能在病愈之初，马上谢绝援助，立即就投入创作中去。

性格温厚而隐忍，坚贞而不屈，不畏困顿，始终能保持淡然心绪与澎湃的创作热情，在黯淡无比的日子里也不忘"隔了浓荫，看树外的阳光"，张恨水的精神又有何输？

或许我们都应该明白一个道理：不忘初心，矢志不渝，管它什么寒凉苦楚。一辈子，酸甜苦辣都尝过，才算没有白活！

5. 选个灵魂高贵的人做伴侣

——梁思成·林徽因

在我面前，她可以不讲理。

——梁思成

高先生和C小姐都是我的大学同学，高先生从中学时
开始追C小姐，为了能跟她考进同一所大学，他没日没夜
地苦读，周末甚至还破天荒地去辅导班补习功课，最后终
于凭借聪明才智及好运气踏进了她的理想学府。

大学期间，高先生每天晚上都会自告奋勇地陪C小姐
去上自习课，甚至不厌其烦地讨好C小姐同寝室的每一个
女生。

不久后，C小姐公开了男友，并不是那位一路苦追的高先生。

我们寝室的姑娘都十分好奇："为什么不选高先生？"

C小姐也十分感慨："他很好，但我更想跟一个懂得包容，思想和言行都大气的人在一起。"

如此清楚的答案，高先生败得很显然。

男神、女神们大多思维清晰，更知道自己想要什么、需要什么，对于他们而言，锲而不舍的追求和殷勤的言行远不如灵魂的高贵和有趣有吸引力。

用一生回答一个问题

1898年，"戊戌维新"失败后，梁启超逃亡日本。之后的第三年，他的长子梁思成出世了。整个童年时代，梁思成都是在日本度过的，他成绩优秀，爱好广泛，音乐、美术、体育等无所不能，尤其对《左传》《史记》等中国传统文化作品特别感兴趣。

甲午战争爆发后，中国受尽外国欺辱，这样的大环境，又增强了梁思成的爱国主义意识。11岁时，梁思成从日本返回北京读书，14岁就读于清华学校（清华大学前身），在这里读了八年书，之后，他去了美国宾夕法尼亚大学学习建筑。

梁启超与林徽因的父亲林长民都是清末民初名满士林的人物，两人分别担任过财政总长和司法总长。交情甚好的两人有意结为儿女亲家，梁思成18岁时，父亲带他去拜访刚从英国留学回来的林徽因。

那时林徽因只有15岁，但她清秀隽丽的容颜、见多识广的谈吐、超凡脱俗的气质，让梁思成对她一见钟情。谈话间，林徽因说自己比较喜欢建筑学，以后要学这个。当时连建筑为何物都不懂的梁思成听完后，立即就下决心也要学建筑这个专业。不得不说，在这一块领域上，林徽因真是他的启蒙老师。

因为爱情，他爱上了她的爱好。因为爱情，他们成了妇唱夫随的情深伉俪。爱情最神奇的地方就在于，两个人看着同一个方向，不畏艰难，勇往直前。

1924年，梁思成和林徽因携手相伴去宾夕法尼亚大学学习建筑，两人契合的感情让梁启超甚是满意，认为这是他整个生涯中最愉快的一件事。

异国他乡的土地上，留下了他们勤奋学习的身影，以及呢喃多情的笑容。恋爱如同一缕微风，让两个年轻人感受着相濡以沫的温馨和快活，两人并肩行走，形成了一种日臻完美的组合。

林徽因不仅漂亮，而且有才华。除了建筑学，对于文学和艺术也有着很深的感悟，她几乎是对任何事物都有兴趣。加上性格活泼热情，富有魅力，很容易成为人群中的焦点。作家李健吾评价她"绝顶聪明，又有一副炽热心肠，口快、性子直、好强，几乎妇女全把她当作仇敌"，由此可见，林徽因的超凡卓绝不容置疑。

优秀的女人就像一朵芳香扑鼻的花朵，身边总会不请自来许多蜜蜂蝴蝶。早在英国读书期间，大名鼎鼎的诗人徐志摩就对她一往情深。

诗人虽浪漫多情让人陶醉，但在林徽因看来，他不足以信赖和依托。回国后不久，她就嫁给了梁思成，彻底断了徐志摩的念想。

除了疯狂任性的徐志摩，追求林徽因的人里还有一位谦谦君子金岳霖。为了爱，他搬过来与他们二人毗邻而居。

梁思成许是郁闷，面对众多的情敌，他不无疑惑地问林徽因："有一句话，我只问这一次，以后都不会再问，为什么是我？"

林徽因伶俐而深情地回答他："答案很长，我得用一生去回答你，准备好听了吗？"

婚后，梁思成曾很骄傲地说："中国有句俗话说文章是自己的好，老婆是别人家的好。可是对我来说，老婆是自己的好，文章是老婆的好。"对他来说，林徽因就是他的骄傲，他有多爱她、多欣赏她，无须赘言。

一对璧人凭借对建筑的喜爱，结交了众多的志同道合的朋友。梁思成夫妇家的客厅，曾是北平最有名的文化沙龙，每逢星期六，这里聚集了一批有名的文化人，金岳霖、张奚若、陶孟、胡适、萧乾、沈从文、费正清等人。

关肇邺《忆梁先生对我的教诲》中回忆说："在先生那简朴而高雅的书房里，经常可以听到他们对学术上不同观点的争论。有时争得面红耳赤，但都有很充足精深的论据。我在旁静听，极受教益。也常有某一雕饰在云冈某窟或敦煌某窟、某一诗句出于何人之作等的评论而评比记忆力，等到查出正确结论，都一笑而罢。这些都使我感到，多么像李清照和赵明诚家庭生活中的文化情趣。"

从1930年到1945年的15年里，梁思成和林徽因一起踏遍祖国的大地，测绘整理了200多种建筑群，完全测绘图稿近1900幅，研究了汉唐以来的建筑文物2000多个，其中包括如今我们熟悉的赵州桥、五台山佛光寺、辽代的佛宫寺木塔、杭州白塔等，此外，他们还编写了《全国文物古建筑目录》《全国古文物保护目录》等。

在日本期间，梁思成看到外国的古建筑保存完好，不无感慨，中国的古建筑精美辉煌却被摧毁无数，他心痛立誓，一定要将中国的建筑保护完好。为了保护古建筑，他们夫妻二人不惜与当权者怒目相争。

抗日战争开始时，日本邀请梁思成参加"东亚共荣协会"，他坚决不与侵略者合作，跟林徽因一起来到昆明，后又搬到四川南溪县的李庄乡下，那里的环境极度恶劣，每天陪伴他们的是潮湿与臭虫，其间，他们参加的营造社也因为经费来源断绝，两夫妻陷入贫寒交迫的境地。

林徽因患上了严重的肺病，卧床不起，梁思成得了脊椎软组织硬化症，行动极其不便。国外的医疗机构邀请他们过去治病，梁思成说："国难当头，绝不离开祖国。"林徽因也患难与共、夫唱妇随。别人问她，"你身体虚弱，要是敌人来了，你跑都跑不掉怎么办"，她笑盈盈地说："那门前不就是扬子江吗？"

早年的颠沛流离，让林徽因肺结核越发严重，后因此病早逝。几年后，梁思成又娶了另一个女子，她叫林洙，是一个备受争议的人物。不同于林徽因的高蹈于世，她只是个世俗的女子。

林洙的前夫叫程应铨，是中央大学建筑系的高才生，英文、绘画、摄影、羽毛球等无一不精，他为人正直，一身傲骨，对志同道合者披肝沥胆，是一位仪表堂堂、英姿飒爽、前途无量的年轻人。

程应铨经沈从文介绍来到清华园，由于对城市规划很有自己独到的眼光，加之业务水平好，得到学生的喜爱。他很快成为规划教研组组长，翻译了不少国外高水平的建筑系著作，还与梁思成一起作为中国代表团成员访问波兰。出于对当地建筑的热爱，程应铨甚至一度想要学习波兰文。

这样一位对知识狂热追求、有理想有目标、才华横溢、抱负多多、清逸高蹈的青年，由于太年轻纯真，后来卷入了一场城市规划的争论中，不幸被划为了右派。这时的他本该需要家人的温暖呵护与支持，可是作为妻子的林洙却选择此时与他离婚。她对他说："两年之内摘去右派帽子，可以复婚。"离婚后，她也不许儿女与他相见。

热血的青年才俊贫困潦倒是真，她看不上；耄耋的老人泰斗也是真，她便为之侧目、倾心不已。一个待之薄凉残忍，施以冰季；一个待之忠诚无比，报以春季。这里面究竟有多少是爱，多少是现实，难能不让人非议。但她的确待梁思成极好，或许他们的感情超越了年龄的代沟，成为她风雨人生的坚定支柱。她要用一生的时间来证明，她这一次的选择是认真而严肃的。

而梁思成对她，也是极其深沉且执拗的，晚年，为了娶她，他不顾子女及亲友的强烈反对，冒着众叛亲离的罪名，也要与之携手。提及林洙，他每每都是赞誉、感谢，耄耋老人心花怒放，他这番模样让儿女无法接受，甚至有点嗤之以鼻，他们再不踏入他的家门，与他断绝一切联系，可他竟完全不以为然。林洙后来写了一本书《梁思成、林徽因与我》，书中介绍，梁思成对她说，与林徽因在一起很累，跟她在一起很轻松，有温暖的感觉，有家的感觉。

假若林洙所写为实，那么不言而喻，在梁思成心底，皎洁似白月光的林徽因，终成了那粒粘在衣角的白饭粒子，而林洙才是他心口的那颗朱砂痣。

究其原因，梁思成与林徽因是志同道合，势均力敌，他对她百般宠溺、忍让，却不见得对她的"我很苦恼，我同时爱上了两个男人，我不知道怎么办才好"毫不介怀，在这段感情中，他是低姿态的弱者，是包容别人的强者；而林洙虽输了才貌、家境，却是个更加温良、贤惠的妻子，她对他的照顾无微不至，不可谓不尽心尽力，这等忠诚与温柔，定然是打动一个男人的法宝。而在这段关系中，无疑他才是感情中的强者，是需要被人包容的弱者。两者相比，年迈体弱的他更加眷顾这样的相处模式，似乎也在情理之中。

1972年，梁思成病逝前语重心长地对友人陈占祥说："这几年，多亏了林洙啊！"知道要离开，分明放不下，他若对她无情，断不能说出这等深沉感激的话语来。

因此，才貌双全的林徽因固然得到梁思成的爱，可她太要强，少了些缱绻，命运安排最终与他相扶到老的人却是才貌不及她的林洙。

胸襟像大海一样的男人

1948年，北京被定为首都，苏联专家建议以天安门为中心，把北京城彻底改造一番。对于这样的建议，梁思成大吃一惊后忧心不已。古城建筑的完美，怎是一个外国人所能欣赏得了的呢？他们一面对中国古文化赞叹有加，一面又不断挑拨滋事，这其中有没有妒忌心驱使尚且不知，况且首都发展工业算不上良策，它应该是政治文化的交流中心，而古城建筑本身就是中国古文化的一种象征。

梁思成写了长达2.5万字的建议书，建议保全旧城，让它成为一座历史的博物馆。苏联专家表示强烈反对，两人争执不断。最终，苏联人搬出斯大林，方案得以实施。梁思成梦碎，眼看北京即将陷入一场浩劫，他不辞辛苦，利用自己的人脉和名声，四处奔走疾呼。

但他的呐喊没起到作用，那时期"辞旧迎新"的思想浪潮正盛，"打破旧的格局给我们的限制和束缚"的呼声，让他的力量如同蝼蚁。

时任北京市副市长吴晗批评他"保守"，他当场失声痛哭。在他看来，这些古迹都是古人智慧的结晶，是国宝，它们经历了战争与炮火，是历史璀璨辉煌的见证，不应像普通建筑那样对待，毁掉这些，如同亲手撕毁自家的财产。

如同林徽因所说的那样，"你们拆掉的都是古董，有一天你们后悔了，想再盖，也只能盖个假古董了"。

梁思成很讨厌日本人，家国仇恨早已让梁思成不再与日本人来往。但对于日本的建筑，他却没有做到"疾恶如仇"。当他提出要保护日本京都和奈良时，几乎所有人都震惊了。

他是这么回答的："要是从我个人感情出发，我是恨不得炸沉日本的。但建筑绝不是某一民族的，而是全人类文明的结晶。"

人的高贵在于灵魂，灵魂的高贵在于对道德水准和高尚趣味的追求，那是一种傲然独立的不羁，是一种闪闪发光的单纯执拗，能够自带光环、超越国界、精神不朽。

由此，我们可以理解为什么林徽因会在众多才子之中坚定不移地选择梁思成了吧？这是个像海一样胸襟广阔的男人。他值得她骄傲。

微疗愈：

清水出芙蓉，天然去雕饰，白鸥没浩荡，万里谁能驯？美人各有千秋，命运却各有不同。

梁思成无疑是深爱着林徽因的，然而，那更多的像是一场互尊互敬的朋友相处，终敌不过被人狂热崇拜的亲密。

其实，爱情哪有什么道理可言？即便他是一包万元香烟，终究还得用一个两元打火机点燃。对于过尽千帆的成功男士而言，可能质朴、温存、贤淑、通情达理，才是通达他们心灵的港湾。更不要说在晚年孤单、行动不便的时候。磨难，更易被视为检验爱情的最佳标准。

林徽因去世后，梁思成再续弦，因此，他被很多人诟病，但仔细想一想，其实，每一段爱情的来临，都有它的原因，每一个人在感情中的存在，也都有他独到的意义。

男人若爱一个女子，你活泼伶俐，浪漫多姿，能给他以轻盈的活力；你温润敦厚，虔诚淑良，也能让他君子好逑，共浴爱河，说到底，缘分来了，谁也挡不住，而生而为人，难免爱情多姿，我们不必用挑刺的眼光揪住不放。

6. 不相信爱情，是因为还没遇到真爱
——陈寅恪·唐篸

五等爱情论。

一等，情之最上者，世无其人，悬空设想而甘为之死，如《牡丹亭》之杜丽娘是也。

二等，与其人交识有素而未尝共衾枕者次之，如宝、黛是也。

三等，曾一度枕席而永久纪念不忘，如司棋与潘又安。

四等，又次之，则为终身夫妇而无外遇者。

五等，最下者，随处结合，唯欲是图，而无所谓情矣。

——陈寅恪

我念研究生时认识的学姐M一直保持着单身。她硕士毕业又继续念了博士，思想充盈的同时对爱情和婚姻的期许也就越来越高。

她也相亲过无数次，但都没了下文，要么是对方觉得她三高不好约束，要么就是她觉得对方三低不好交流。

亲友们也都劝她："差不多得了，好男人少，要遇见哪有那么容易。"潜台词也很明显，即使遇见了，人家也未必看得上你。

"我知道他们都在想什么，无所谓，我不断提升自己，不断找，我就不信自己真的遇到好的也留不住。"她恨恨地跟我倾诉。

后来M学姐的博士校友给她介绍了一位留学回来的高精男士，也是大龄，也是挑剔非常，她身边大部分人都觉得这次相亲百分百又是一场空——人家那么优秀，又挑剔，小姑娘不要要你这老姑娘？

结果，他们不但都看上了对方，且很快结婚了。所以，这世间不是事事都讲条件，一旦遇到真爱，你的梦都可以实现。

独立之精神，自由之思想

陈寅恪与叶企孙、潘光旦、梅贻琦等并称清华百年史上四大哲人，与吕思勉、陈垣、钱穆并称"前辈史学四大家"，他13岁起就去了日本留学，之后辗转欧美各国留学20年，懂20多种国家语言，同时研习佛经，读大量史书，先后在清华大学、西南联大、广西大学、燕京大学、中山大学等名校任教，他授课时学生满堂，连其他教授也过去听课，是公认的"教授的教授"。

然而这样一位名满天下的国学大师却没有什么高等学历，既不是硕士，也不是博士，甚至连著作都没有。他读书只求学问，不在意学位，与他人读书追逐学位的趋之若鹜相比，显得特立独行。

在德国留学时，梁启超钦佩陈寅恪的学识，曾向清华校长曹云祥推荐他，曹云祥得知他的情况后连连摇头叹息，梁启超情急又气道："我可算是著作等身了，但总共还不如陈先生寥寥数百字有价值。好吧，你不请，就让他继续留在国外吧。"这才说动了曹云祥。就这样，陈寅恪在没有学历的情况下被当作国粹，请进清华校园。

陈寅恪的祖父陈宝箴是曾国藩的幕僚，老先生因为日本侵华，拒绝服药治病而去世。1937年日本直逼平津时，其父陈三立也断然拒食，猝然长逝。陈氏一族两代身体力行，被高尚的爱国情操影响教育，国家危亡之际，陈寅恪举家四处搬迁，过起了颠沛流离的生活。

困难时，他的好友兼七年同窗傅斯年鼎力相助，傅斯年称"陈先生的学问，近三百年来一人而已"。曾多次写信央他参加国民党中央研究院评议会，但陈寅恪复信拒绝。后来又由于其夫人的缘故，而留在了桂林，此举让傅斯年格外生气，两人关系渐渐生疏。究其原因，陈寅恪不喜政治，摧眉折腰事权贵的事情他做不来。

1948年底，国民政府退败前拟订了一个"抢救学人计划"，陈寅恪的大名赫然在列，连许多当时北大清华校长之类人物都要排在他后面。蒋介石专门派出一架飞机去接他与胡适，然而胡适去了台湾，陈寅恪却不肯。后来蒋介石亲自登门邀请，他仍然婉言谢绝。

国民政府广州教育部长杭立武也动员他去台湾，或者去香港也行，并许诺给他十万大洋做安家费，再给一套洋房。陈寅恪依旧拒绝，最后在中山大学做了教授。

国难当头，他与妻子曾一度分别，后来好不容易在香港相聚。日本人对他久闻大名，专门派人给他送去食物。于是，在陈家门口，就看到了一幕扣人心弦又令人哭笑不得的场景，日本人往屋里搬运东西，他忙着往外搬。

我们常说造化弄人，其实，每个人的命运均掌握在自己手里。性格不同，命运自然也就不同。对于性格过分鲜明，棱角过多的人，命运更易坎坷晦暗，更易跌前踬后，命途蹭蹬。

同是大师级别，陈寅恪与钱穆两人之间仅相差五岁，命运却截然不同。钱穆每年都有著述诞生，虽也颠簸辗转，但他始终清醒而现实，一生没有挑战何谓波澜壮阔；而陈寅恪非但遗失了几乎所有书籍著作，家徒四壁，生活艰辛，又在晚年遭遇双目失明之厄，实在不能不令人唏嘘。

不过，或许对他而言，这大概又是一种难得的考验。他并不为此后悔，他曾赋诗自道："一生负气成今日，四海无人对夕阳。"

"文化大革命"时期，不少学者为向党靠拢，结队批评红学研究。陈寅恪却怒斥其为"一犬吠影，百犬吠声"，他不仅没有退避三舍、依草附木，还大张旗鼓、理直气壮地对其批评。

《柳如是别传》是陈寅恪留给我们的最后一部著作，这本书燃脂暝写达数十年之久，是在他目盲体衰的情况下完成的。全书八十多万字，描写明末清初的名妓柳如是跟钱谦益的一段情。至于他为何大动笔墨写这个人物，最可考证的源自他的一首诗："平生所学惟余骨，晚岁为诗欠砍头。幸得梅花同一笑，岭南已是八年留。"

柳如是，家境贫寒，自幼被卖入官宦人家，后沦落青楼，不仅貌美，而且善书画诗曲，志不羁陋俗，且怀民族大义，远胜于时官腐儒，正是这种精神令他感泣不已，他欣赏她身上的民族独立之精神，正如他自己本身就是不媚世俗、超然子立的一个人，应该说是借此言彼吧。

说不相信爱情的人是因为还没有遇到真爱

陈寅恪的妻子叫唐篔，字晓莹，是爱国将领唐景崧的孙女。她出生时，母亲产难而去。因此，她是跟着养母潘氏长大的。长大后，她先是离开了唐氏大家族，到了苏州，后来到北洋女师读书，是班上年龄最小的学生。

唐筼学习刻苦，成绩优秀，音乐美术书法唱歌等均有造诣，其书法成就曾得到散原老人等多位大家的赏识。《也同欢乐也同愁》一书中刊登了一幅唐筼在北洋女师学习期间的钢笔画，人物形象很像福楼拜和巴尔扎克小说笔下的那些法国贵夫人。

因为家境贫寒，唐筼毕业后在本校教授小学低年级学生。后来女子体育教育流行，她争取到了公费学习的机会，继续求学深造。两年后，唐筼返回母校任体育主任，之后到南京金陵女子大学继续求学，毕业后又受聘于北京女高师教体育课。这时，她已经处于高龄剩女的行列了。

现实中，高龄剩女的命运几乎都不怎么好。在我们的常识里，许多人对奔三女子不怀善意，态度相当漠然，心中视如草芥。而男子不同，男人四十还是一枝花，无数少女竞折腰。

按照这样的逻辑推算，唐筼应该难以觅到如意郎君。然而那些只不过是世俗的标准，把年纪与一个人的修养、学识、美貌、气质、人格相提并论，是一件非常愚蠢的事情。之所以有些女子命运不济，并不是因为她们的年纪大了，而是她们还不足够优秀。

一个人的美丽并不在于出众的容颜，跟年纪更不对等，正相反，那些历经过诸多往事的人，在心底把伤痕褪去、沉淀，变得更加坚强而从容，才能体现出一种优雅的美。

想得到一个好男人的眷顾，首先应该修炼自己，增长自己的学识，培养和完善自己的人格与修养，只有让自己足够优秀，命运才会垂青你。

唐筼是幸运的，与她的大龄相比，陈寅恪也"不甘落后"。这位博学多识的大师，其时已36岁高龄，尚未成家，也没有任何恋爱经历。他对于爱情毫无向往，不仅认为它无法与学术和事业相比，甚至认为男子汉大丈夫一心只求娇妻美妻，是一件很愚蠢的事情。

关于娶老婆，他有自己的言论："学德不如人，此实吾之大耻；娶妻不如人，又何耻之有？""娶妻仅生涯中之一事，小之又小耳。轻描淡写，得便了之可也。"

相比徐志摩等人的浪漫风流，陈寅恪无疑是不解风情的直男，乏八卦可陈。这种人换在今天，一定会被无数女性嘲笑。干大事的男人多了去了，不缺你陈寅恪一人。不尊重爱情的人，人生哪来圆满？总之，他肯定不受欢迎。

他的父亲陈三立急了，厉声警告他："尔若不娶，吾即代尔聘定。"把父母媒妁之言及相亲的招数统统搬出来，这时陈寅恪才急了，只得请父亲宽限数日。

对于相亲，如今已经非常流行。在很多人眼里，这种明码标价的爱情方式并不是什么坏事，它绝对遵守等价原则，谁都不会首先吃亏。见面的双方在事前就已经把各自的情况了如指掌，学历、家世、工作、长相等，如数家珍。媒人也不会太瞎，把差距太大的两个人硬生生往一起凑。可以把它做个不太唯美的比喻，就像去市场上挑拣大白菜，只有看上眼的才会拿回家。而那些被挑剩了的，虽然自我期许的希望值会大打折扣、备受打击，但无疑还能给自己再保留第N次机会，许多人乐此不疲地奔赴在相亲的大道上，就是因为他们深信，总有一天会遇到那个跟自己"门当户对"的人。可这种生命不息、折腾不已的求爱方式，俨然不适合胸有千壑不屑俗世的陈寅恪。

好的爱情，也不见得都是主动寻来的，有时候等待比寻找更契合，更美好。陈寅恪与唐筼的爱情，是一种顺其自然、水到渠成的产物。这一次，自负不屑爱情的他，却很快陷入了爱情的洪流中。

一次闲谈中，同事偶然提起在一位女教师家里看到一幅末尾署名为"南注生"的诗画，他不知这位"南注生"为何人，就向陈寅恪请教。博学多识的陈寅恪略一沉思就说："此人是灌阳唐公景崧的孙女，住在何处？我要登门去拜访。"

唐景崧著作《请缨日记》，陈寅恪早就读过，对他仰慕已久。他冒昧拜访唐筼，两人在接触和交谈中两情相悦，才子才女很快情投意合，相见恨晚。在朋友们的撮合下，1928年缔结了偕老之约。那时候，陈寅恪38岁，而唐筼也30岁了。

婚后，唐筼为他放弃了工作，专心在家做家务带孩子，对他的生活照顾得无微不至。她不仅是他的生活伴侣，也是他的精神伴侣。战争岁月，他们二人过着颠沛流离、不时分隔两地的生活，长久不见，彼此思念。陈寅恪写下"家亡国破此身留，客馆春寒却似秋。百里苦愁花一尽，窗前犹噪雀声啾。群心已惯经离乱，孤注方看博死休。袖手沉吟待天意，可堪空白五分头"的诗句，表达了对妻子的深切思念。

唐筼在香港带着孩子暂居时，陈寅恪在云南的西南联大教书，他日思夜念自己的妻子及女儿。有次他去市集买东西，看到一个苗族妇女背着一个孩子，他见这女孩子白白胖胖的，恍惚之中把她当作了自己的孩子，禁不住上前多看了几眼。不料，陈寅恪痴痴愣愣的表情让妇女很有戒心，堂堂大学教授竟被误会为歹人，让他十分尴尬。

中年以后，陈寅恪双目失明，一次洗漱时滑倒在家中的浴盆里，不幸摔伤了右腿股骨，从此长期卧榻在床。唐筼此时的心脏病也日趋严重，但她拖着病体，悉心照料他，给了他在病痛无助时最大的安慰。

他本以为先过世的那个人会是她，但多种疾病缠身，最终使他先她而去。他很不放心她，写下"涕泣对牛衣，卅载都成肠断史。废残难豹隐，九泉稍待眼枯人"这最后的一曲挽歌。

料理完陈寅恪的后事，仅仅45天，唐筼也追随他而去。对唐筼来说，或许生死相随，生命相依，才是属于他们最美好的归宿，天上人间胜却无数，成就一场迟到但完美的爱情。

微疗愈：

陈寅恪对爱情有自己独特的见解，并将它分为五等。他认为最伟大、最纯洁的爱情应当是"情之最上者，世无其人。悬空设想，而甘为之死"，比如《牡丹亭》中的杜丽娘；第二个层次的爱情是，若真心爱上某人，即便不能结合也忠贞不渝，矢志不变。例如《红楼梦》中贾宝玉与林黛玉的爱情，以及古代那些为了爱而终生未嫁的贞女等；第三个层次的爱情是，"曾一度枕席，而永久纪念不忘，如司棋与潘又安，及中国之寡妇是也"；而第四个层次的爱情，是白头偕老而终身无外遇的那种；第五个为最下者，随处结合，唯欲是图，而无所谓情矣。

才子佳人的爱情，往往都被演绎成风风火火的一曲恋歌，荡气回肠，百转千回，让人回味无穷。但仔细想来，好看，却折腾；美好，而虚假。而陈寅恪跟唐筼的爱情毫无疑问属于第四种，它虽不轰轰烈烈浪漫逍遥，却是人间最普遍而踏实的存在，因为我们每个人，都需要那种相濡以沫的幸福归宿感，这是我们的心安之所在。

爱情，是一个人动心，两个人动情，在遇到那个正确的人之前，兜兜转转，你永远无法想象到你会有多爱一个人。当你真的遇上了，先前的所有假设就会化为泡影，心动之时就是果断之际，你想要跟随他，想要每天在一起，这辈子不离不弃。宽容、理解、信任、体谅、支撑，只是浪漫旅途的基础，再不会有患得患失，倾心相爱，或许爱你不长，但一生足矣。

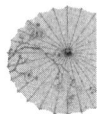

7. 世界上的另一个自己

——章太炎·汤国梨

人之娶妻当饭吃，我之娶妻当药用。两湖人甚佳，安徽人次之，最不适合者为北方女子。广东女子言语不通，如外国人，那是最不敢当的。

——章太炎

世界上没有相同的两片叶子，更没有完全相同的两个人，即便如此，我们仍然相信，相似的夫妻更容易生活幸福。

在我身边的一对对夫妻和情侣中，老丁和小T绝对是性格最相似的。

老丁和小T认识时，一个陷在失恋的打击里，还要装作没事拼命工作，一个刚刚经历失恋和背叛，好不狼狈。那天小T醉酒归来，打碎了邻居老丁摆在门口的一盆花，那是老丁前女友搬走时唯一留下的东西，老丁气得站在门口大声谴责，小T也毫不示弱地回击。

并不美好的相识，却开启了一段美妙的爱情。

他们发现对方也喜欢读书，对参观美术馆情有独钟，爱花也爱狗，他们都遭受过背叛，都受过伤，都会为了他人身边的一件小事义愤填膺路见不平。

小T说，最享受的就是晚上做饭时，她刚伸出手，老丁就将盘子递到她手边，老丁则说，最得意的是小T和人发生不愉快时，她还没发脾气，对方就已经被他吼走了。

爱情是高高在上的星辰，生活却是日复一日的琐碎，重要的永远不是金钱、才学上的匹配，而是无论发生什么，身边的那个人都知道你在想什么，你想做什么。

这才是真正的相似，这个人，才是我们在世界上苦苦寻找的，另一个自己。

天下疯子何其多，如我这般只一个

提到民国史，大名鼎鼎的章太炎堪称那个时代各大报刊的流量和阅读量的担当。他是民国出镜率最高的人物，在风起云涌的年代里淋漓尽致地发挥名人效应。而他出名的概念有点与众不同，他被世人称为"疯子"。民国的各大报刊常常以"章疯子又大发其疯""章疯子居然没有大发其疯"为标题，无论什么事，只要提到他，就不用愁报纸的销量。

章太炎原名章炳麟，1869年出生于浙江余杭的一个官僚家庭，字枚叔，名绛，因仰慕顾绛（顾炎武）的为人行事而改名为绛，号太炎。祖上是富甲一方的豪绅，光绪年间，章家已经在连年战争中败落，父亲章睿只能靠祖传医术养家糊口，就是在这个过程中，他顿有所悟，教导儿子"精研茎训，博通史书，学有成就，乃称名士"。或许就是对战争的厌恶，以及官场的风云变幻所惊骇，他对儿子章太炎的要求不是求名求利求当官，而是要把他培养成一名大师、名士。

章太炎在父亲的启蒙下，8岁开始读书识字，9岁在文字韵律方面有了严格训练，同时在思想上已经种下了反清复明的种子，16岁，他去参加科举考试，试卷题目为《论灿烂之大清国》，章太炎不禁嗤之以鼻，从小的耳濡目染，洋人的掠夺豪取，清政府又是割地又是赔偿，他早就对清政府的腐败无能恨之入骨。现在考题竟然如此掩耳盗铃，他根本做不到自欺欺人。

于是，一份《吾国民众当务之急乃光复中华也》的义愤填膺、慷慨激昂的答卷就那样鹤立鸡群地出现在考场上。这样的答卷自然让他从此彻底与科举无缘。

父亲病逝后，章太炎去了杭州，拜于一代名儒、朴学大师俞樾门下，求学8年，他先后写完两本书《皋兰室札记》和《春秋左氏读》，这两本书也奠定了他在学术界的地位。30岁，章太炎应《时务报》主编邀请，前往上海担任编辑，受到了梁启超的热烈欢迎。

章太炎对梁启超仰慕已久，按说，粉丝见到偶像虽不至于喜极而泣，至少也是欢天喜地、兴奋不已的。但章太炎却很"疯"，他的喜悦没能维持多久，骨子里的那种憨直就暴露无遗。

梁启超是康有为的得意门生，戊戌变法运动中，康有为受到追捧。很快，章太炎发现身边的康门弟子有点当今脑残粉的姿态，他们每天都对康极尽肉麻之赞词。康有为有没有别人嘴里形容的如此完美暂且不说，单单这种大肆吹捧，就令耿直的章太炎无法忍受。

有一次他实在听不下去了，就质问道："康有为能跟孔老夫子相比吗？"这句挑衅之词立即遭到拥康派反驳，双方一阵撕扯，章太炎抬手就给自己曾经的偶像梁启超一记响亮的耳光，这一巴掌也打醒了他的梦想，他辞职不干了。

在章太炎看来，梁启超等人的思想仍然很落后，而他逃往日本后结识了孙中山，孙中山的满腔爱国情怀深深感染了他。"当今中国不流血就不能推翻满清王朝"，铮铮铁骨，也让章太炎万分佩服。这时他才感觉自己总算遇到了知交。

章太炎削发明志，剪掉了国人最引以为"标致"的大辫子，他与孙中山经常往来，讨论国家大事，并出了一本书《訄书》，这本书观点新颖，兼顾古文经学的思想精髓，一经出版就迅速脱销再版。此时，远在日本的章太炎仍"念念不忘"康有为，他在《苏报》的最显赫的位置上，发表了《驳康有为论革命书》，他用他的"疯头疯脑"与不更世事严词批判了康有为的保皇运动，让自己成为政坛一颗闪耀的新星。

彼时的章太炎在敌人眼里，已经成长为一棵参天大树，他的思想就是他的根基，他的肆无忌惮，让清政府最高统治者怒不可遏。清朝最后一次文字狱应运而生了。章太炎成了重点打击对象。

面对这种困境，不少人如蔡元培等闻风而逃，而章太炎却固守阵地，他摇头叹息道："革命必流血，吾之被清政府查拿，今为第七次矣。"之后他从容被捕。

生命固然可贵，然而对章太炎而言，一个失去了灵魂，行尸走肉的生命个体，往往比没命还要可怕。他宁愿上刀山下火海，也绝不能无所事事。

这以后的三年，章太炎都是在牢狱中度过的。没人知道他面临怎样的处境，因为没有体会，便无法妄言，但人人都能想象得到他在这三年里经历了什么，熬过这一切，必定需要精神上的超脱与意志上的坚定。

一出狱，章太炎即刻受到革命党人的热烈欢迎，孙中山专门派人回国接他去日本主编《民报》。接手《民报》后，章太炎的"疯子"精神持续发热，他只用了不到一年时间，就把《民报》的最大竞争对手，即梁启超等人的阵地《新民丛报》逼迫到停刊。而先前的许多保皇派，此时也纷纷投入革命党的队伍中来了。

茫茫人海中，能遇到彼此的概率本身就很低，若是遇见了，刚好又是志同道合的人，那么这份情谊，自然很容易稳固如山。

章太炎跟孙中山的这份情，按照一般思路，他们也是能够"天长地久"的，但章太炎得知孙中山密令汪精卫在日本筹办《民报》时，他的"疯"病又犯了。什么"他乡遇故知""志同道合"顿时全都抛到脑后了。

愤怒之下的章太炎不仅将他们的内部争论公布于世，甚至要求撤销孙中山总理一职。于是，原来共患难同甘苦志趣相投的好兄弟，就这么闹掰了。民国成立后，章太炎思忖着自己与孙中山的关系已不可能修复，他只好主动与袁世凯结秦晋之好。那支能把对手打击得体无完肤的笔杆子，此时却为袁世凯唱起赞歌。

当袁世凯的蓬勃野心暴露天下后，章太炎幡然悔悟，他身穿破衣烂鞋，蓬头垢面地跑到总统府，大冬天还摇着一把破扇，指名道姓地开骂袁世凯，而袁世凯则躲在总统府不敢出来。

他还孩子气般地主动找到了孙中山，先前投诉别人的往事仿佛从不曾发生过，他主动商讨要如何对付袁世凯。这种"书生意气般的疯癫"，欣赏他的人会被他的革命精神所感动，而不欣赏他的人，则会认为他幼稚可笑没头脑。

二次革命失败后，孙中山等人逃往日本，章太炎再次选择留在国内，他视死如归般地固守着这片阵地，即使单枪匹马，也要用尽全力勇往直前。革命的斗志在他内心燃烧，如同熊熊火焰，漫过云端，无论对方是谁，都会被吞没，同时他也在燃烧自己，直至净尽。

他所有的喜恶，其实不在人，而在于事。

他骂袁世凯"独夫误国，包藏祸心"，一边骂一边踢烂所有器物，袁世凯无奈，怕他闹出更大动静来，只得把他软禁起来。而章太炎在被关押期间，仍每天骂声不止，还到处写满"袁世凯"名字，每日坚持"鞭尸"。同时，写有袁世凯名字的纸条，他投入火堆里烧掉，一边烧一边拍手大叫："袁贼烧死了！"

这种"疯狂"，要换了一般人，早就会被毫不留情地杀掉了，但章太炎是国学大师，社会地位尊贵，袁世凯碍于其社会影响力，只得忍气吞声，由着他"胡来"。章太炎就这样用自己独特的方式，执着地抗议了近三年，直到袁世凯去世。

袁世凯去世后，中国陷入军阀混战，"护法运动"兴起，章太炎的梦想不久在混战中破灭，他便把救国的热情转化为讲学，政治于他，就好像单纯的儿童在读《三国演义》，他悠悠独怆，感觉疲惫。"设有异族入主中夏，世世子孙勿食其官禄"，直到去世，再没有投身政治舞台。

好的爱情是遇到良人，然后顺理成章颠覆所有

在未遇到汤国梨之前，章太炎对于未来妻子的要求标准是"以湖北女子为限，文理清顺，大家闺秀，不染学堂中平等自由之恶习而有从夫之美德"，这样的理念还被他大肆铺张地刊登在报刊上，作为征婚启事。

可是遇到汤国梨之后，他的条件变成了完全"无条件"。汤国梨非湖北女子，她是浙江乌镇人，虽能诗善赋，但出身于平民家庭，更没有所谓"从夫之美德"。她在私塾读书，之后又受革命新思潮影响，加入上海务本女校读书，并担任中国国货维持会宣讲部成员，在记者发布会上呼吁"我生平最爱国货，但一人之力，能有几何？尚望男女同胞共图进行，更望巨号大铺多备国货，以期推广"，她是典型的新时期女性，关心天下大事，绝非完全顺从丈夫的旧式女子。

爱情来了，如洪水猛兽，章太炎再疯，也没能挡住。而好的爱情就是这样，条条框框都只是假设而已。而好的爱人似酒，喝下去，浓烈醇香，于是从前提出的一切条件，都可以在微醺的醉意下，顺理成章地被颠覆。

两人经张伯绳介绍，在上海哈同花园举行了婚礼。来参加婚礼的宾客多是地位显赫之人。而在结婚这日，章太炎又"疯疯傻傻"，闹出了不少笑话。

一向穿惯了布鞋大褂的章太炎，婚礼当天自然要穿得隆重一些。他西装革履，戴高礼帽，穿锃亮的皮鞋。本是很得体的打扮，但他却把皮鞋穿反了，左右不分，走起路来，双手乱甩，样子十分滑稽，把孙中山都逗得忍不住捧腹大笑。

在行礼时，司仪喊着三鞠躬，章太炎头上顶着高礼帽，两次落地，他只好捡起来重新戴上，不由又引得一众宾客哄堂大笑。

婚礼结束，哈同派自己的汽车送他们夫妇回去，章太炎摆手拒绝，一溜烟工夫跳到一辆不晓得是谁带来的马车上，直奔"一品香"摆喜宴之处。到了地儿，他又分不清哪个门才是大餐厅。如果不是饭店老板早早在门口等候，或许他又要上演"失踪"的戏码。

下了车，理所当然新郎官要给马车夫一些礼物作为感谢，但章太炎对此完全没有概念，最后还是"一品香"的老板替他掏了腰包。

结婚之前，章太炎随身携带自己东三省任内所积俸给以及北京等地亲友所赠贺仪共七千元现金，但到了上海后，有个新闻界工作的苏州人钱某劝他把钱存入银行，章太炎与此人不熟，却欣然同意，把钱全部交给钱某代存。

这样毫无防范的简单大脑，不被坑才怪！果然，过后没多久，钱某递给他一张三千五百元的存折，找了个十分蹩脚的借口："银行职员当面点清，只有三千五百元。"章太炎一念之差，损失了一半钱款。这在正常人看来，简直是弱智的疯子才做得到的事。

然而，如章太炎这般的"疯子"，他的智商并不欠费，他只是把心思用在吸引自己的事情上。对他而言，"疯"，真是不谙世事的典型代号，他对于人情世故无暇理会，或者说不屑一顾，而把满腔热情用到别处，一心追求自己认为更伟大高尚的事业，单纯执拗地为心中的梦想而奋斗，摒弃世间所有的庸俗和丑陋，他"疯"，也有"疯"的价值和魅力。

两人结婚一个月后，章太炎就被袁世凯软禁了。在狱中，他只求一死，"槁饿半月，仅食四餐，而竟不能自毙，盖青丝未断，绝食亦无死法"。写给汤国梨的信中，他一面表达对妻子的思念，一面又不愿苟且于世。

汤国梨则想尽一切办法营救自己的丈夫。先遣家人去章太炎故乡向族人求助，得知"族中已决定将他开除出族"后，她直接致电袁世凯，要求他马上放人。同时，她还致信徐世昌，请求相助。

孱弱女子，如此刚烈果断，护夫心切，这绝非是旧式女子所能媲美的。如若按照先前的征婚启事，章太炎恐怕只能孤零零熬在监狱里，即便释放出来，或许也是夫妻相对无言，沉默肃穆得如同刑场，这样的婚姻定然是一幕悲剧。

因此，他要求未来太太"知书达理"，也是很有远见的，因为爱情里唯有气味相投，才经得起狂风巨浪。

微疗愈：

生活里，我们常常会遇见一些"奇怪的"爱侣，譬如一对异常挑剔、对外人态度不友善、两人之间也经常吵架的小夫妻，周遭的邻居都不太喜欢他们，也觉得他们之间的感情不稳，迟早分手。但结果，小夫妻一路吵吵闹闹，感情却一直安稳，后来孩子也有了，一家三口一起吵。

于是，不少人郁闷了，为什么这样没心没肺的人可以活得多彩多姿，而我们却生活形同枯槁？

其实，天下幸福的爱情都是相似的，首要前提必须是一加一等于一，而不是等于二。性情、三观、立场一致，甚至于"门当户对"，在无形之中非常关键地决定了一段感情是否能地老天荒。

说到底，好的爱情就是一个人爱上另一个跟自己非常相似的人。他身上有你所欣赏的东西，而这个东西恰好也活在你的精神里。我们可以逐渐厌弃一个与己相反的人，但有谁会厌恶自己呢？

其实所谓找对人，就是在茫茫人海寻觅另一个隐形于世的自己。

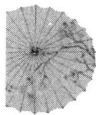

8. 也许爱有天意

——荀慧生·吴小霞

牡丹之艺，其武剧也，繁而不紊，疏而不懈，纳刚健于婀娜，化平淡为神奇；其文剧也，艳不伤雅，流不失荡，变淫亵为幽窈，传情爱以娇羞。腰工跷工，步法挽力，无不精妙入微。

——荀慧生

姨妈家在北京一个四合大院里，我每回过去，总能看到一位摇着蒲扇的老太太，白发苍苍，眼光幽远，好像染了几生几世的尘埃。

姨妈说，那位老太太年轻时是名门望族的千金，爱上了一个男人，不惜逃婚跟那男人私奔。他们爱得轰轰烈烈，以至于后来她的父母也妥协了，但老太太却并未因此返回家，而是继续在外地谋生。家人怪她不孝，直到临终前那口怨气都没有解开，就撒手而去。

老太太虽然心生愧疚，却并不反悔。她是家里的千金，唯一的子女，父母宠溺到不行，她自知做错事，走错路，却又爱得固执，不肯放弃。

父母去世后六年，老太太已经五十多岁，鬓发已白，她带着那个心爱的男人回来了。他们时常无声地对坐着、望着、微笑着，一晃就过去了一整天。好像一切都尽在不言中。

傍晚时分，四合院有一道美好的风景，就是老头搀着身体孱弱的老太太散步、遛狗。院子里时常有欢声笑语，声音不大，却能感染每一个人。每个人包括老头在内，都以为他们之中将来先走一步的那个人是老太太，但有一回她跌倒了，弯身扶她的老头却再也没能起来。

老太太从此就变成了一副郁郁寡欢的模样，大部分时间会坐在他们二人相视而坐的位置，望着空气发呆。只有对人提及老头时，脸上才洋溢出久违的微笑。

这份爱，她爱得很是深沉，深沉到穿越数十年时光，才终于等到一个相伴不久的团聚。然而在她看来，一定又是非常值得的。

调包计棒打鸳鸯，害苦亲生女儿

爱上他时，他已婚，她未婚。

再次重逢，他单身，她离婚。

"使君有妇，罗敷有夫"的悲剧爱情从古至今都在上演。大多数的故事均以"恨不相逢未嫁时"作为结局，所谓爱情，唯独悲剧似乎才更动人，更有理由长久。

然而，荀慧生与张伟君的这段爱情，却没有因为岁月的交错而轻言放弃。也许是姻缘太深，最终这对痴男怨女，还是迎来了朝夕相守。

假使可以重逢，希望我们都别来无恙。这大概是相爱的情侣埋藏于心底最深沉的话。只是这一等，就是几十年。几十年的坚守，青春早已错过，笑容还夹杂着沧桑。当年的风姿绰约早已不复存在，在最美的时光，陪伴自己左右的，并不是心底最爱的那个人，这或许是一种逃不掉的惋惜，然而对有些人而言，相逢一笑便是难能可贵。

荀慧生1900年生于河北东光县一个农民的家庭，六岁时，同族人诬陷他的父亲盗卖祖坟树木，万般无奈之下，他们举家逃往天津。由于家庭贫困，迫于生计，父亲将他与哥哥荀慧荣以50元身价卖到小桃红梆子班习艺。荀慧生难忍学艺痛苦，后来翻墙逃回家里。荀父不得已又将他转卖到庞启发处学艺，并在卖身契上写道："若不遵守约束，打死勿论。"

荀慧生的学艺生涯就是从这里开始的。庞启发是有名的严师，稍有不满就会拿皮鞭抽人。荀慧生初次登台演出时，因紧张忘词就曾遭到一顿毒打。为了学好戏，少挨打，他可谓吃尽了苦头。夏天穿棉袄，冬天穿单衣，头顶大碗，足履冰水，点香火头练转眼珠，日复一日，后来竟吃得苦中苦，成为人上人。

练出了一套唱念做打无一不精的本领后，荀慧生开始以"白牡丹"的艺名出师。1917年，他与尚小云、梅兰芳、杨小楼等名家合作，因为他扮相清丽动人，唱腔婉约，《铁弓缘》备受戏迷喜爱，也成了他的拿手好戏。

这次戏后，荀慧生与梅兰芳、杨小楼等人才算正式相识，但他的威名却早已远播，众人皆知。

荀慧生的表演生动活泼，扮相俊俏，令人耳目一新，被赞为"誉满春申"。他的戏《赵五娘》《劈山救母》

《九曲桥》《杨乃武与小白菜》等名震沪上。

后来，在继承传统京剧的基础上，荀慧生对人物念白、唱腔、表演、服饰等都进行了创新与探索，尤其强调"演人不演行"，不受行当限制，进行了许多大胆创新的突破，塑造了色彩斑斓的少女、少妇形象，使他自成一派，成了荀派创始人。他一生演出了三百多出戏，《红娘》《杜十娘》《十三妹》《卓文君》《玉堂春》《棋盘山》《元宵谜》《晴雯》《盘丝洞》等戏曲红极一时，均成为他的代表作。

悲苦的遭遇奠定了他的气质，他的悲剧戏都能让人感觉笑中有泪，极大地震撼人心。袁克文评他："牡丹之艺，其武剧也，繁而不紊，疏而不懈，纳刚健于婀娜，化平淡为神奇；其文剧也，艳不伤雅，流不失荡，变淫亵为幽窈，传情爱以娇羞。腰工跷工，步法挽力，无不精妙入微。"

荀慧生与梅兰芳、尚小云、程砚秋并称为京剧"四大名旦"，更有"无旦不荀"的美誉。四人之中唯独他有艺名，叫"白牡丹"，有人曾不吝笔墨对他的容貌做过描述："新月眉淡，水波眼亮，不是牡丹赛牡丹，白牡丹之容，则秀丽绝伦；白牡丹之身，则修短合度；白牡丹之神，则如芙蓉出水；白牡丹之行，则如杨柳临风。"大画家吴昌硕也特题赠四个字："白也无敌。"而这四个字不仅关乎容貌，对荀慧生的人品也做了注脚。

提及吴昌硕，他不但是一位影响巨大的书画家，在日本更是备受推崇。吴老喜爱戏曲，而荀慧生唱戏之余对书画也十分钟爱，两人可谓英雄识英雄。后来经人介绍，二人一见如故，荀慧生就拜了吴昌硕为师，行了郑重的磕头礼。吴老对荀慧生的为人很是认可，说："腼腆而有男子气，不是台上不像女、台下不像男的旦角演员。我暮年得此好学不倦的天才演员门生，真是一大快事。"

两人亦师亦友，感情深厚。荀慧生在吴老的指导下，书画造诣上也有了质的飞跃。可惜没过多久，吴老突然中风，在上海病逝。荀慧生得知后，悲痛万分，披麻戴孝，扶棺痛哭，并在灵前守孝尽弟子之礼。新中国成立后，荀慧生去杭州演出，参观西泠印社，看到吴老的铜像，便让子女跪拜，自己站在铜像前，心情久久不能平静。

成名后，荀慧生名气大，但架子却不大。一次去大连演出，从北京出发之前，他要演出的戏剧已经定好，但大连这边却要求他改戏。以荀慧生当时的名气完全可以自信地说拜拜，但他依然尊重大连人民的喜好，硬是临时改了原先选好的戏。为人谦和，让他虽然是唱梆子出身、并非正宗京朝派，却依然能位列"四大名旦"之一。

若换了现在，荀慧生这样的人物，本身盛名熠熠，为人又谦恭亲民，既是实力派，又被观众拥戴，那身价一定是水涨船高，许多人盼不得能与之结交的。但在那个时代，"戏子"的地位太低，通常的好人家是瞧不上的。

荀慧生与杨小楼关系匪浅，杨小楼的师弟吴彩霞也专攻旦角。荀慧生闻言，特意去看了吴彩霞的《贵妃醉酒》，并登门拜访。但吴彩霞对他却不冷不热，借故不出来见客。替他出来迎客的人是他的女儿吴小霞。

吴小霞是个眉清目秀、眼波清亮的漂亮姑娘，受父亲影响，她也十分喜爱听戏，并对此有一定研究。她早就听说荀慧生唱功了得，见到本人后，更被他玉树临风、相貌堂堂的样子吸引。荀慧生对这个灵气十足的女孩也是一见倾心，两人谈话之间，某种抑制不住的情愫就此萌芽，分离时两人更是思念万分、失魂落魄。

年轻人的爱情纯真而热烈，爱得单纯，所以快乐。这种爱情，绝非带着功利色彩的爱情所能比拟，但这种爱往往又非常脆弱，当事人春心萌动之时，却正是外人心生蔑视之际。

荀慧生为了能够与吴小霞经常见面，便带着自己的演出戏票登门拜访吴彩霞，请他前去倾听指教。吴彩霞把戏票扔到一边，吴小霞百般缠闹，才得到机会去看他的戏。

吴小霞的到来，让台上的荀慧生陡然心悦，他的《红娘》引来了如雷般的掌声。戏散后，吴小霞借故打发走六姑吴春生，自己径直跑到了后台等荀慧生。荀慧生见自己心爱的女子到来，连酒宴也不去了，陪她漫步回家。

彼此爱慕的两个人被跑过来的吴彩霞截住，他拉回自己的女儿，呵斥道："我倾尽一生心血培养你，是为了让你找个书香门第之家，好好嫁了，你却跟这种人厮混在一起！"

吴彩霞不是不能理解作为"戏子"的辛苦，正是由于自己也是如此，他更懂得这一行的卑微与渺小，更何况他打心底里瞧不起荀慧生的唱梆子出身。他舍不得将爱女嫁给荀慧生。尽管知道他们二人两情相悦，但在那个年代，棒打鸳鸯的事情一点儿也不稀罕。

年轻人的爱情若非被破坏，哪个愿意就此放手？荀慧生与吴小霞私订终身，不久，杨小楼便替郁郁寡欢的荀慧生向吴彩霞上门提亲来了。

碍于杨小楼在梨园的威望，吴彩霞不敢拒绝，但他心里又十分不甘。他佯装同意，并与荀慧生约法三章："吴家嫁女，荀慧生必一生一世不离不弃，不生外心。"

荀慧生自然乐意，他高兴万分，连连应允。

但吴彩霞却心生一计，荀慧生上门迎亲时，他将自己的爱女吴小霞送回老家，让自己待字闺中的亲妹妹吴春生顶替吴小霞，这桩调包计搞得神不知鬼不觉，荀慧生因为求婚成功，特别高兴，大病不治而愈。

然而，他万万没有想到的是，自己娶来的媳妇却并不是吴小霞，而是她的姑姑吴春生。新婚之夜，荀慧生仓皇逃走。

木已成舟，杨小楼也没有好的办法，只能劝他"既来之则安之"。之后荀慧生与吴春生过着有名无实的夫妻生活。

后来，当荀慧生得知吴彩霞嫌弃自己的理由是"梆子"出身时，他更是下了一番苦功夫勤奋练功，将全部的精力都用在了练功上。

他远赴上海，一炮而红粉丝日益众多，不少有钱人家的女子都跑来听他的戏，台上砸满了金条、金耳环、金镯子。

起初吴小霞对荀慧生产生了误会，认为他移情别恋。

后来得知是自己父亲一手策划，她也管不了那么多，竟然独自跑到上海去寻他。

久别重逢的一对恋人互诉衷肠，相思情深，两人终于相依相伴。这段时间，荀慧生心情大好，演出也更加精彩，声誉日隆。拜师学画，也是在吴小霞的鼓励下进行的。吴小霞临别父亲之际，为了报复他，还把他生平最爱的凤头水钻头面拿来送给了荀慧生。

但好景不长，不久吴彩霞的一纸家书寄给了吴小霞："为父寻你三载，却不知你已私奔到上海，你置六姑于何地？"此时寻女心切的吴彩霞已病入膏肓。吴小霞迫不得已，只得与荀慧生分道扬镳。

再不相爱的夫妻，朝夕相处，总也有冰山融化的时刻。荀慧生尽管难忘吴小霞，却也感恩于吴春生的不离不弃，以及对他的爱慕尊重。他们夫妻相敬如宾，两年后生了个女儿，之后，两个儿子也相继出生。

一面是和睦的一家人，一面是吴小霞的痛苦万分。站在父亲的坟前，吴小霞禁不住泪水涟涟，她不得不发誓此生再不与荀慧生相见。

功成名就后的荀慧生，戏约不断，家庭安详，但他心里有个角落却一直晦涩愁深，他一生难以忘怀吴小霞，一生都在寻找她的道路上奔波，却直到最后也不晓得她去了哪里。

据说自那以后，吴小霞便遁入空门，云游四方去了。她一生都没有结婚。

与其说吴彩霞爱女深切，不如说他自以为是，把自己的梦想建立在伤害亲生女儿的基础上，以为那才是慈悲。

他根本不懂爱情为何物，他的爱是物质、市侩并且自私的，他是自己女儿的爱情刽子手，他亲手葬送了亲生女儿的幸福，也为自己的人生埋下了痛苦与遗憾的伏笔。

风雨几十载，真爱再相逢

1945年，吴春生病逝，"万人空巷看荀郎"的传奇在戏迷间再次上演。得知荀慧生丧偶，不少女性摩拳擦掌。其中富商之女苏昭信是资深荀迷，她每天过来听戏，雷打不动。爱穿绿色衣服，身材娇小，每出戏据说都能唱一半，人送外号"苏半截"。

那是21岁正春心萌动的年纪，她对荀慧生爱慕得如痴如狂。很快，苏昭信就引起了荀慧生的注意。

或许每一个人生经历复杂的男人，在情感上都会不由自主向往单纯而明快。他陶醉于她少女般的迷恋与仰慕，这样的眼神，好像清水一样，能洗涤他的一切忧愁。

很快，荀慧生就爱上了苏昭信。但两人的爱情却遭到苏昭信家人的反对。苏家希望自己的千金将来嫁的是政界或商界才俊，对梨园的优伶，纵然对方名满京城，他们多少也是不屑的。

但苏昭信爱得沉醉，家人的反对对她不起半点作用。苏父甚至撂下狠话："如果你跟他结婚，以后就不准再踏进苏家的大门！"但也没能阻止自己的宝贝女儿意气风发地嫁给了比自己年长25岁的荀慧生。

婚后回门，夫妻俩登门拜访，苏父拒不开门，直到立下遗嘱，都没再提及苏昭信半个字。

没有父母祝福的婚姻，对当事人来说，始终是一个阴影。他们恩爱便好，一旦婚姻中出现一丁点儿摩擦与矛盾，就可能心生罅隙，让他们在心里怀疑，当初不顾一切地选择这样的婚姻，究竟是对还是不对？

婚后几年，两人爱情已经不在。当初或许他爱她明艳照人，热情似火，但婚后他更需要一个温柔贤惠、能懂他迁就他照顾他的妻子；而她曾五体投地地仰慕他，婚后却丧失了那份遥远的美感，当他在她面前褪去偶像的外衣，她对他的爱再也不似当初那样浓烈深厚。

婚姻与爱情不同，当爱情变成亲情后，双方都应小心翼翼地适应这份平淡似水，把它看成桌上的一道清淡可口的小菜，心甘情愿、兴高采烈地咽下去。而吃惯了咸辣，就不愿意改口，这样的婚姻就只能以失败收场。

他们两个最终没能白头偕老，没过几年就分道扬镳了。后来苏昭信再次嫁给一个梨园中人，但在她心中，荀慧生的地位却从未动摇过。晚年她躺在病榻上，只要听到有人提及荀慧生的《红娘》，她依然能接上来。

其实早在苏昭信之前，上海滩京剧头牌老生露兰春就曾追求过荀慧生。他们合演过《四郎探母》，频繁的接触让她对他更加爱慕。两人合唱《游龙戏凤》时，露兰春借机向他表露心思。但碍于黄金荣的关系，荀慧生果断拒绝了这位佳人。

后来，黄金荣要娶露兰春，婚事闹得惊天动地，露兰春并不爱黄金荣，内心愤恨不已。却派人给荀慧生送信，请他过来参加婚礼。不晓得她的本意是什么，荀慧生一时想不通，不敢轻举妄动。这时好友老舍恰好来找他，得知事情原委后，送了他一个字：避。

黄金荣是著名的上海滩大亨，黑白两道通吃，他是惹不起的。荀慧生立即借口演出，逃到了杭州，总算摆脱了一段难以想象后果的纠葛。

荀慧生另一个粉丝就是张伟君。然而张伟君与苏昭信不同，她对他虽然同样倾心不已，每天都会过去听他的戏，但她的爱却含蓄而内敛，她表达爱情的方式就是默默关注，深情款款。

碍于荀慧生当时有家，她后来就匆匆嫁了人。但婚后依然去听他的戏，每天早晨买菜都要刻意经过荀慧生家门口，而荀慧生每天出门，都会在自家门口看到一个风姿绰约的女人，他们就这样在彼此目光的交织中渐渐熟悉了对方。他才得知她已暗恋自己许多年。但"使君有妇，罗敷有夫"，他们的爱情只能戛然而止。

缘分总是等得来的。荀慧生离婚后，张伟君也恢复了单身，两人终于结合在一起。这一结合，他们等了对方几十年。

1968年12月26日，荀慧生在"四人帮"的迫害下不幸逝世，临终前，张伟君一直陪伴在他身旁。

微疗愈：

爱情马拉松里没有最长的路，只有更长的路。

有些路很长，长到一辈子，长到即使望穿秋水，也只是遥不可及。

男女的爱情，沿途会经历许多优美的风景，对男人而言，女人总是色彩斑斓。或者明艳动人，或者楚楚可怜，或者柔情似水，或者妩媚多姿。总要不断经历，像画卷一样铺展开来，才能最终看得见时光的沉淀，才能拨开心底的迷雾，最终揭晓那个最适合、对他对好的，也能在最恰如其分时出现的人。

路很曲折，有时候不经意间它会拐了个小弯，你猝不及防，一丝欢腾，接下去，乌云散去，破晓曙光，晨曦明朗。原来，一切的美好，都只是缘于一颗坚韧不变的心。

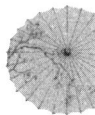

9. 最深的爱是陪伴

——钱钟书·杨绛

从今往后，咱们只有死别，再无生离。

——钱钟书

前不久，我作为杂志社特约记者，预约采访一对小情侣。他们兴致相投，男的绘画，女的摄影，搞了一个组合，工作室也开得风风火火，两人常一起踏步在青石板的小道上，一起登山坐观日出日落，美好浪漫得让许多网友羡慕不已。

由于特别忙，我将原本约好的时间往后推了推，细算下来，大概也就半个月吧，可谁知，前几天再次联系时，男方很沉默，女方很失落，她发过来一个大大的笑脸，说话的语调却是倔强中透着酸楚，她告诉我，他们已经分手了，所以不用采访了。

闻之，我心塞半天，这对神仙眷侣，怎么就能轻易分手？年轻人的爱情真是来得快，走得急。我想从中撮合他们，女孩却断然拒绝。

我又试图劝她主动一点，她笑了一下，有点儿凉薄地说："算了吧，当初决定在一起，是因为相互欣赏，自以为心有灵犀，现在才知道，虽然每天在一起，已然形同陌路。"

我没有再说话。

最好的爱情是乍见之欢，而久处不厌。做不到这点，不用勉强。

一见钟情不是梦，白首终生最梦幻

1929年春天，清华园紫藤、丁香怒放，幽香扑鼻，这里迎来了民国第一大才子钱钟书。他是以中文、英语出色到令老师瞠目结舌，但数学仅15分的成绩，被独具慧眼的清华大学校长罗家伦破格录取的。那一年他只有19岁。

其实，罗家伦也是个人物，据传他当年考清华时，中文满分，数学0分，也是被破格录取的。历史一幕重复上演，碰到像极了自己的钱钟书，罗家伦视若珍宝。

自然，钱钟书也没令他失望。就读后，他在《清华周刊》《新月》《国风》《大公报》等发表书评、散文、诗集等诸多文章，才情非同一般，与曹禺、颜毓蘅并称"三杰"，名震清华。同他神奇般进入清华的传奇经历相比，他的才子之名更是居高不下。

外文系主任吴宓对钱钟书大加赞赏，赠诗一首："才情学识谁兼具，新旧中西子竟通。大器能成由早慧，人谋有赖补天工。源深顾赵传家业，气腾苏黄振国风。悲剧终场吾事了，交朝两世许心同。"

仿佛有一种神奇的磁场，冥冥之中，清华在帮他召唤上天早已为他定好的姻缘。

此时的杨绛正在东吴大学读大四，因学潮而停课。高中时，她就心心念念去清华大学读外文系，可惜当年清华大学没有招收南方女生的名额。此时，她果断放弃了美国韦尔斯利女子大学的奖学金，毅然北上京华，来到清华借读。

与杨绛同行的学友孙令衔要去看望自己的表兄，他的表兄就是钱钟书。就这样，杨绛在清华园女生宿舍"古月堂"，邂逅了钱钟书。

初春的微风穿过古月堂，沁入彼此心房。两人一见钟情，惊鸿一瞥中再也无法忘记对方，就像《圣经》里说的："有的时候，人与人之间的缘分，一面就足够了，因为他就是你前世的人。"

杨绛娇小玲珑、清秀美丽，气质活泼可爱，而又不失温婉，书香门第的熏陶，又使她自带大家闺秀的雅致。他觉得她脸如春花，清雅脱俗，脸面白洁红润，犹如蔷薇新瓣；而她却觉得他"一点也不翩翩"，一副老式大眼镜，一双毛底布鞋，一件洗得干干净净的青布大褂，看上去书生愚气很重，但眉宇间却"蔚然而深秀"。

杨绛对他早有耳闻，"读书第一、发表文章第一"，这个在别人看来穿着有点老土的人，在她心里却真实可爱。

钱钟书谈吐机智而幽默，杨绛的一颗少女心被撩拨出了涟漪。

古月堂一别，钱钟书立即就向孙令衔询问杨绛。孙同学搞了个恶作剧，说杨绛早已有男朋友了，之后又对杨绛说，表哥已经订婚了。

这之后，其实两人都念念不忘对方，听到这些话，心里很不是滋味。几天之后，杨绛收到钱钟书的来信，约她在工字厅相会。

两人一见面，钱钟书开口便说："我没有订婚。"

杨绛也说："我也没有男朋友。"

但有个叫费孝通的男同学一直苦追她，并曾放言："谁想追杨绛，先过我这一关。"此前，他曾问过她："我们可以做朋友吗？"杨绛说："朋友，可以。但朋友是目的，不是过渡。"这话其实很明白了，杨绛并不爱费孝通，只是愿意跟他做朋友，并且仅止于此。但费孝通想不通，他钻牛角尖，跑到清华找到她，同她"吵架"，但依旧无法追求到心中的女神。

很快，钱钟书与杨绛鸿雁往来，越来越勤。毕业后，钱钟书到他父亲所在的光华大学任教。杨绛忽然"难受了好多时，冷静下来，觉得不好，这是fall in love了"。

回到家之后的钱钟书继续给杨绛写信，两人的事情也没有告诉父母，但他的父亲钱基博看出了些许端倪。

有一次，钱父不打招呼，私自拆开了杨绛写给钱钟书的回信，当他看到"现在吾两人快乐无用，须两家父母兄弟皆大欢喜，吾两人之快乐乃彻始彻终不受障碍"，立即赞道："此诚聪明人语！"马上提笔给杨绛回了一封信，要将儿子托付给她。

原来，钱家在无锡当地是书香门第，家学渊博，但也是一个比较传统的大家族。钱家推行的是封建家长教育。钱钟书的两个弟弟都是父母安排结婚的，杨绛担心他们得不到父母的支持。

但钱基博认为杨绛体恤双方父母，思维缜密、考虑周到，儿子不谙世事，有这样的儿媳辅助，是非常难得的好事。不久，钱钟书便跟父亲一起去杨绛家里提亲，1935年7月13日，他们在苏州举行了婚礼。

杨绛的父亲杨荫杭是无锡有名的大律师，两家不分伯仲，门当户对，都是无锡本地名士，交情也不浅，早在杨绛很小时，父亲就带她拜访过钱家。时光流逝，曾经年纪小的一对儿女，如今却自由相爱了，真可谓"皆大欢喜"。

杨绛的母亲打趣说："阿季的脚下拴着月下老人的红丝呢，所以心心念念只想考清华。"

最深的爱是陪伴，天涯海角永相随

婚后，钱钟书以第一名的成绩公费去英国留学。还未毕业的杨绛担心他不懂生活，不会照顾自己，便主动中断了学业，自费陪他一起前往。

两人在海上度过了一个多月，船才缓缓地抵达英国。一到英国，钱钟书就磕掉了一颗大门牙，这特殊形式的见面礼让人忍俊不禁。

在异国他乡，杨绛生出乡愁，一团痴气的钱钟书，就刻意制造些许浪漫，他为她早起做爱心早餐，煮鸡蛋、热牛奶，再配上面包和醇香的红茶，不仅如此，还服务周到地把一张用餐小桌支在床上，将早餐放上去，这才叫醒睡意蒙眬的她。

杨绛惊喜万分，开心地说："这是我吃过的最香的早饭。"

钱钟书也比较调皮，有一天他们午睡，他醒来后发现她还在熟睡，就用笔饱蘸浓墨给她画花脸。但杨绛的脸皮比宣纸还吸墨，洗净墨痕，脸皮也快给洗破了。之后，钱钟书就改画肖像，往她的脸上添上眼镜和胡子，聊以过瘾。

女儿钱瑗出生后，钱钟书依然顽皮，大热天，在女儿熟睡时，往她肚子上画一个大花脸，挨杨绛一顿训斥后依然不改，又开始在女儿睡觉的被窝里"埋地雷"，埋得一层比一层深，把大大小小的各种玩具、毛笔、刷子、砚台、镜子等统统埋进去，女儿惊叫，他得意大笑。

苦日子发生在"文革"时期，钱钟书挨了批斗，在那段昏暗无比的日子里，杨绛同他一起上下班，肩并肩，手挽手，不消极，不畏缩。有些人背后羡煞了眼，说："看人家钱钟书一对儿，越老越年轻。"

钱钟书常常出匣自鸣、语惊天下，而杨绛则大智若愚、不显刀刃，两人性格互补，鸾凤和鸣，星辰伴月，爱情比蜜还甜，的确是一对神仙眷侣。

杨绛怀孕时，钱钟书说："我不要儿子，我要女儿，只要一个，就像你这样的。"坐月子时，钱钟书主动承担家务，他笨手笨脚，一会儿把墨水打翻，弄脏了房东太太的桌布，一会儿把台灯弄坏，一会儿就把门轴两端的钢珠弄掉……

面对这些孩子一般的笨拙行为，杨绛总是以宽容、淡定的态度待之。她对他说："不要紧，我来弄，我都会。"

钱钟书的母亲喜爱儿媳的贤惠，称她"笔杆摇得，锅铲握得，在家什么粗活都干，真是上得厅堂，下得厨房，入水能游，出水能跳，钟书痴人痴福"。

杨绛的剧本《称心如意》在金都大戏院上演后，一鸣惊人，她迅速走红。这时候，钱钟书有点坐不住了，他对她说："我想写一部长篇小说，你支持吗？"

杨绛自然支持，为了全心全意照顾他，她主动放下了写作，同时把家里的用人辞去，独自承担所有家务，她从不抱怨，只盼着钱钟书大作早日问世。

聪明的女人，除了贤惠，还懂得适时让步。她不会豪夺他的光辉，她懂得在男人面前尽力做一个需要被他"辅佐"的人。

两年后，在"忧世伤生，屡想终止"的情况下，钱钟书终于完成了《围城》，小说出版后，享誉国内外，大获成功，后来还被拍成电视连续剧。

有外国记者慕名而来，非要见见钱钟书，在他们看来，钱钟书真是中国文化的奇迹和象征；江青过生日，也想请钱钟书过去，但他一概拒绝。他说："假如你吃了鸡蛋觉得不错，何必认识那下蛋的母鸡呢？"

钱钟书只会见过一个人，便是影视演员陈道明。他是电视剧《围城》的男主角，为了准确把握角色，特意过来拜访。据说，陈道明到了钱家之后，突然发现自己很可怜，他看到钱钟书家里到处都是书，那份渊博，那种朴素，让他顿感自己狗屁不是。

"我见到她之前，从未想过要结婚；我娶了她几十年，从未后悔娶她，也未想过要娶别的女人。"钱钟书的话，亦让陈道明深受感动。

暮年，他说："咱们只有死别，再无生离。"而她说："我一生，只是钱钟书生命中的杨绛。"

他们的组合，既是夫妻，也是情人、朋友。百岁时，白发苍苍的杨绛提笔写了《我们仨》，将他们这个单纯温馨的家庭几十年风雨的平淡、离奇、相濡以沫，用最深刻而沉重的笔调，画下了圆满的句号。

他们在最好的年华邂逅，终生相守，走过平淡，也走过苦难，在静水长流中淡笑三千繁华，他们的爱如日月光辉，深情可鉴。

微疗愈：

她是最贤的妻，最才的女，她是他生命中最温柔的相慰；

他是恃才傲物的狂人，是才思敏捷、天赋异禀的天才。

可在她眼里，他只是童心未泯的儿童，是淘气、聪明、干净的丈夫；

而在他眼里，她亦只是清逸温婉、知书达理、贤惠温柔的最好的妻。

风雨几十载，他们相濡以沫，即使生活一地鸡毛，依然不离不弃。默契坚守、从容面对的背后，是珍惜、懂得。她是最懂他的人，而他亦最懂她。因为懂得，他们能挖掘出生命中最快乐的本真，才能在枯燥、苦闷的岁月中创造无穷的乐趣，他们懂得彼此成就、相依相偎才是爱情最美的滋味。

她说："男女结合，最重要的是感情、双方互相理解的程度，理解深，才能相互欣赏、吸引、支持和鼓励，两情相悦，门当户对及其他，都不重要。"这是个真理，希望我们都明白它的深意。

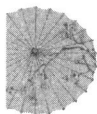

10. 和在一起的人慢慢相爱
——林语堂·廖翠凤

把爱情当饭吃，把婚姻当点心吃，用爱情的方式过婚姻，没有不失败的。

——林语堂

前同事小Y是个文艺青年，也有着文艺青年身上不解现实的缺点，大学毕业后，他爱上一个富家女，不是因为钱，而是迷上了女孩从小到大培养出来的高雅气质。

小Y的家境一般，工作事业上也是规规矩矩，最多只能算是潜力股。富家女爱他的才气，但这段恋情还是遭到女方父母的坚决反对，他们不惜找到小Y公司，要求他离开他们的女儿。

迫于压力，小Y最后和富家女分手，郁郁寡欢了很久，直到我离开那家公司，他依旧是单身青年。

几年后，在一次行业交流会上，我见到小Y，那时他已经结婚一年多，妻子是父母朋友的孩子，虽然不算青梅竹马，也是知根知底。

"父母介绍？你之前不是一心要追求浪漫自由的爱情吗？"我有些惊讶地问他。

小Y笑着在手机里翻出他与妻子的合照，阳光正好的客厅窗前，他们脸贴着脸留下一张张自拍。

"她也很美，不比我之前追过的女孩差，性格也好，重要的是，她愿意和我一起生活，愿意和我慢慢相爱。我觉得这才是生活该有的样子，也未尝不是浪漫。"

爱情无须理智，像疯子一样冲进婚姻

和沈从文一样，林语堂也爱过一个正当好的女子，她叫陈锦端。两个相爱的人没能有情人终成眷属，却走过了两种截然不同的婚姻。

故事还要从1912年林语堂去上海圣约翰大学读书

说起。

林语堂是个非常优秀的学生，他在大学二年级时就曾连续三次登上学校礼堂讲台，领到三种奖章。他有一个人生哲学："不论做什么事，一生不愿居第一。"这样优秀的才品被传为美谈。

就是在这里，林语堂遇到了美丽的姑娘陈锦端。

陈锦端是厦门巨富陈天恩的女儿，也是林语堂好友陈天佐和陈希庆的妹妹。她性格开朗活泼、落落大方，长得楚楚动人，一头瀑布似的秀发，用一个夹子夹在脑后，眼睛扑闪扑闪的，很是灵光。

对林语堂，她一见钟情，而林语堂也同样倾心于她，说她"生得其美无比"。才子佳人惺惺相惜，很快就陷入了热恋。

为了能经常见到她，回到厦门后的林语堂，经常以找同学的名义到陈家去。他那醉翁之意不在酒的心思，后来被精明的陈父得知了，陈父知道林语堂是教会牧师的儿子，门不当户不对，于是棒打鸳鸯的戏码上演了。

在那个年代，儿女成亲都是父母做主，媒妁之约，虽然有不尽如人意之处，然而鲜少有人敢于站出来反抗。鲁迅曾说过："出走的娜拉，只有两条路，一条是回头，一条是堕落。"这句话折射出那时对自由恋爱约定俗成的看法。

也许是天生的性情温和，或者是自觉无奈，遭遇爱情致命一击的林语堂和陈锦端，都没有为了爱情勇敢地站出来，而是选择了各自沉默。

林语堂每天在自己家里呆呆地坐着，不哭不笑，不说不闹，好似一具雕像。而大姐又给他当头一棒，认为他喜欢谁都可以，为什么偏偏喜欢上了陈天恩的女儿？那真是一种不自量力的妄想！

"你我好像河两岸，永隔一江水"，当陈父出于对一个出类拔萃的年轻才子的愧疚，给林语堂做媒，把陈家隔壁邻居家的廖翠凤介绍给他时，林家父母答应了，自卑的林语堂竟也点头同意了。

廖翠凤的父亲也不简单，他是一位银行家，还是豫丰钱庄的老板，在厦门鼓浪屿有自己的码头、仓库和地产，在当时的上海颇有名望。

廖家母亲对林语堂牧师儿子的出身同样有担忧，对女儿说："语堂是个牧师的儿子，家里没有钱。"

但是廖翠凤却干脆又坚定地回答："穷有什么关系？"

其实，她早就对林语堂仰慕已久。说来也巧，廖翠凤跟林语堂的姐姐是同学，姐姐很喜欢这个端庄大方、皮肤白皙、鼻梁高高的女生廖翠凤；廖翠凤的二哥也恰是林语堂的圣约翰大学的同学，从二哥那里得知林语堂是圣大特优生，是学校的风云人物，廖翠凤对林语堂芳心暗许，自然是一件水到渠成的事。

廖翠凤看重的是林语堂的才，而不是他的钱。她的果敢，让林语堂感动，最终，他娶了她。

爱情是毒药，婚姻是解药

他们结婚的时候，林语堂征得廖翠凤的同意，将一纸婚书一把火烧了。他说："把婚书烧了吧，因为婚书只是离婚时才用得着的。"

这是他给予她的一生许诺，他绝不三心二意、见异思迁。对于过去的恋情，他不会再留恋，对于将来，他更不会背叛。他要把自己一辈子的爱，全部奉献给这个同样出身名门望族却不嫌弃他，反而勇敢爱他的女子。

这样的行为让廖翠凤很感动。他们在一起的时光非常美好，虽然生活艰苦了一些，但是她愿意陪他同甘共苦，最艰难的时刻，她甚至变卖首饰来维持他们的生活。

她给他生了三个可爱的女儿，一家人的生活非常美满。尽管，他心底一直没有放下陈锦端。

此时的陈锦端得知林语堂同邻居家的女儿结了婚，一气之下拒绝了父亲为她寻觅的富家子弟，孑然一身远渡美国留学去了。留学归来后，许多年也一直单身。直到32岁那年，她才嫁给了厦门教授方锡畴，此后长居厦门。

陈锦端虽然结婚，却一直没给对方生孩子，只领养了一对儿女。她不愿意生，她对林语堂一直放不下。

而林语堂同样也忘不掉她。

女儿长大后，看到自娱自画的父亲，画中的每一个女子都是相同的模样：长长的头发，用一个宽长的夹子将头发挽起来。她便问自己的父亲："为什么她们都是相同的发型呢？"

林语堂也不掩饰，说："锦端的头发是这样梳的。"

廖翠凤也时常请陈锦端来家里做客。每次林语堂都紧张到坐立不安，女儿看见了，好奇地问她："妈妈，为什么爸爸会那么紧张？"她很爽脆，说："爸爸以前喜欢过锦端阿姨。"

有时，他们也会因为别的琐事而发生争执，每次争吵，林语堂总是让着她。他说："少说一句，比多说一句好；有一个人不说，那就更好了。"

他又说："怎样做个好丈夫？就是太太喜欢的时候，你跟着她喜欢，可是太太生气的时候，你不要跟她生气。"

吵架凶的时候，他就去捏她高挺的鼻子，说一些欢喜的话，她禁不住，就忍不住扑哧一笑。

他明白，爱，不一定非要在一起，没有炽热如火，也可以清甜如水，即使没相忘于江湖，也一定要珍惜眼前人。

林语堂也时常怀念故乡，还有曾经一同去河里捉鱼、捉鳖、捉虾、捉蝴蝶、爬树、下稻田的初恋，那个叫赖柏英的两小无猜的初恋。只不过世事造化弄人，他去外地求学，她留在家乡照看双目失明的父亲，为了挑起家庭的负担，毅然嫁给了一个商人。

他也会把这份爱情说给廖翠凤听，她乐呵呵的，从不发怒。

金婚的时候，林语堂送给廖翠凤一个勋章，上面刻了美国诗人詹姆斯·惠特孔莱里的《老情人》一诗："同心相牵挂，一缕情依依。岁月如梭逝，银丝鬓已稀。幽明倘异路，仙府应凄凄。若欲开口笑，除非相见时。"

他对她充满感恩，回忆往事，他不无得意："我把一个老式的婚姻变成了美好的爱情。"

他说的一句话极对："我们现代人的毛病是把爱情当饭吃，把婚姻当点心吃，用爱情方式过婚姻，没有不失败的。把婚姻当饭吃，把爱情当点心吃，那就好了。"

所以，现代人是不是可以好好借鉴、品味一下这句话呢？

婚姻，是过往不究，是相敬如宾啊！

微疗愈：

倘若你爱的那个人给不了你美好的婚姻，你会怎么做？

固执地坚守总没意义。这就是我想首先告诉你们的道理。

无论是爱情、婚姻，还是工作，它一定是建立在快乐、轻松的基础上，如果不具备这些，其他因素越多，人生便负荷越多。

林语堂是很聪明的男子，面对"迢迢牵牛星，皎皎河汉女"的爱情，他懂得取舍与放下，能够在面对窘迫时呐然一笑。他不极端，也不愤怒，他敢于承认现实，也知道退一步海阔天空的道理。相对于不自知，抑或胡搅蛮缠，他的爱情字典里更多的是理智、冷静。

他也是先婚后爱的典范，之所以他能够把枯燥的婚姻调剂出趣味来，是因为他懂得尊重、感激那个不擅长浪漫，却能够专心而乐观地做他伴侣的人，对婚姻，他选择忠诚而温柔以待。

不苛刻身边人，用深情的目光待她，坦荡相处，具备这种豁达的胸怀，才能拥有把握幸福的能力。

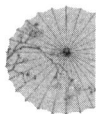

11. 那个正当好年龄的人

——沈从文·张兆和

我行过许多地方的桥，看过许多次数的云，喝过许多种类的酒，却只爱过一个正当最好年龄的人。

——沈从文

他们邂逅时，他是历尽沧桑的中年油腻大叔，而她，是清丽脱俗的活泼美少女。他忧郁深沉，眼眸里浸染风尘。她对他暗许芳心，却不敢越雷池一步。

她为此想尽办法逗他开心，在他最困难的时刻忽然"从天而降"，用女性最深的痴心一点点、一点点感动着他，终于，日久生情，他娶了她。

结婚后，他继续他的浪荡生涯，开心时，出去自驾游；不开心，隐世半个月，她四处寻不到，急得直跳脚。他爱玩攀岩，喜欢登山，她坐在家里的沙发上，灵光一闪，忽然惊跳起，害怕他出了什么意外。可是打电话过去，他的手机是好好的，他没有接，过了很久才回复，他在吃饭。

一头热的日子让她若喜若狂，神不守舍，性子变得飘忽不定，就如那天上的云。他回来了，她蹿过去抱住他："你到底安全回来了！"

那一刻，他才突然发现，她是可爱的，是值得他去爱的。

这是我一对好朋友的故事，后来的结局完美，他尝试接受已婚这个现实，尝试适应两个人的生活。如今，他们已经有两个可爱的娃娃。

他们是幸运的，但像这样单方面付出能得到真心回报的例子，却是少之又少，很多人并不在乎对方的真心付出，他只是选择了一个合适的人结婚而已，与爱无关。

遇见她，他低到了尘埃里

假设同钱钟书、杨绛的爱情相比较，沈从文与张兆和的爱情，一点儿也谈不上美，不仅如此，还让人有点儿崩溃。他过于痴情，她过于冷漠。他们之间的爱情，更像是沈从文一个人的独角戏，也似一场来自乡下男人的一生自卑的单恋马拉松。

"不管他的热情是真挚的，还是用文字装点的，我总像有我自己做错了一件什么事，因而陷入难过……从文同我相处，这一生，究竟是幸福还是不幸，得不到回答。我不理解他，不完全理解他……"

用张兆和这句话来诠释他们的爱情和婚姻，实在贴切不过。从一开始，他们的爱情就不对等，与其说是日久生情，不如说是死缠烂打。

沈从文出生在湖南湘西凤凰古镇，不仅出身低微，文化程度也不高，只上过小学，连标点符号都不会用。他发表过一些文章，但年近三十，在文坛仍脚跟不稳。

沈从文天性少言寡语，木讷阴郁，后来，他的文学造诣崭露头角，引起不小轰动，因此被徐志摩等人推荐，经胡适同意后，来到中国公学执教，总算谋得了一份比较体面的工作。

在这所江南学府，沈从文给学生上第一堂课，面对那么多的陌生面孔，他很是局促，紧张得红着一张脸半天说不出话。最后，只好在黑板上写下"请给我五分钟"，之后才开始讲课。而一开口讲话，就操着一口极其浓重的湖南口音，惹人哄笑应该是理所当然的。

他是这里的老师，而台下坐着的他的学生之一，便是张兆和。

这件事被张兆和当作笑话讲给二姐张允和听。她比他小八岁，对他这位十足屌丝一枚的老师，并无半点敬意，更不要说崇拜。

张兆和，用现在的话来说，就是标准的白富美。她的曾祖父张树声历任两广总督和代理直隶总督，父亲张冀牖独资创办了乐益女中，在合肥老家，张家有万顷良田，光是收租就能收十万担。后来搬到苏州，也是当地城里的"名门"。

张家四个姐妹，她是张家千金三小姐，大姐元和嫁给了昆曲名家顾传玠，二姐允和嫁给了著名语言文字学家周有光，四妹嫁给著名汉学家傅汉思。"张氏四兰，名闻兰苑"，叶圣陶说："九如巷张家的四个才女，谁娶了她们，都会幸福一辈子。"

张兆和跟其他三个姐妹一样，知书达理，容貌秀美，很有大家闺秀的风范。她熟读四书五经，英文流利，通音律、习昆曲、好丹青。在学校，追求她的人可以用箩筐来计算，走到哪里都有超高的回头率，每天都收情书，有时高达一天几十封。

一个是荒野之地的清贫文人，一个是温柔富贵乡里长大的名门闺秀，两人隔着一个银河系的距离，却被命运奇妙地联系到了一起。

沈从文成了这众多追求者中的一员，而且是最疯狂的一员。

"不知为什么，我忽然爱上了你"，他把这第一封情书给她的时候，她立即编为"青蛙13号"，丝毫也没放在眼里。

"如果我爱你是你的不幸，你这不幸是同我的生命一样长久的。"

"求你将我放在你心上如印记，带在你臂上如戳记。我念诵着雅歌来希望你，我的好人。"

"望到北平高空明蓝的天，使人只想下跪，你给我的影响恰如这天空，距离得那么远，我日里望着，晚上做梦，总梦到生着翅膀，向上飞举。向上飞去，便看到许多星子，都成为你的眼睛了。"

一封封情意绵绵、夹着相思衷肠的信件不断落入她手中，如果要评民国时期最美情话，估计也非沈从文的手笔莫属了。用情至深，实在令人动容。

然而对所有信件，张兆和都一概不理，完全采取拒绝的态度。这让沈从文追求得更加热烈了，他每天坚持用署名S先生的代号给她写信，以至于二姐张允和调侃自己的妹妹，说"你这些信，要是从邮局寄，都得超重"，而这些信里，有一半都是沈从文写给她的。

不疯魔，不成活。他的痴狂与她的轻视形成鲜明对比。一直得不到爱的回应的他，因此病了一场。"男人爱而变成糊涂东西，是任何教育不能使他变聪敏一点，除非那爱不诚实。"

他的爱如同吸食鸦片，别人无动于衷，他首先上瘾，不可自拔。他痛并快乐着。继续写痴情而卑微的情书：

"莫生我的气，许我在梦里，用嘴吻你的脚，我的自卑处，是觉得如一个奴隶蹲到地上用嘴接近你的脚，也近于十分亵渎了你的。"

甘心为爱变成奴隶的他，却遭到她的嗤之以鼻，她一点儿也不理解他如大雨倾盆般的深爱，她说："又接到来信，没头没脑的，真叫人难受！"

爱情不果，沈从文茶饭不思，恨不得一死了之，三十多岁的男人，在爱情面前，像个不懂事的小孩子，所有坚强和自尊都卸下了面具，他每次见到她，心头都陡升哀愁，在感觉上不免有全部生命奉献而无所取偿的奴性自觉，人格完全失去，他明白那是一种痛苦，却又极其珍视这种痛苦的来源，顽固得如同无法解脱的宿命。

中了爱情病毒的人，需要调动各方良友寻求帮助。他先去找张兆和同宿舍的好友王华莲，希望能"曲线救国"。王华莲告诉他，追求张兆和的人成千上万，她从不回信，而且很烦。沈从文唯一擅长的追爱方式，在张兆和那里显然不顶用，他别无他法，禁不住失声痛哭。

就像在一场战役中，失去了盔甲，失去了武器，赤手空拳的沈从文完全没有自信，他爱得如痴如醉，唯有用哭声能表达他此时此刻的悲痛欲绝。

爱情中占据主导地位的那个人，往往更容易冷眼旁观，好比站在一座高山上，永远具备俯视山下风景的权利，而下面匍匐着的人，则只能千方百计地讨好她、靠近她，遍体鳞伤说不定也换不来她丝毫同情和怜悯。而女人对待爱情又是十分奇特的，往往那个钟情于自己的痴心男子，她不见得欣赏，而那个跟自己一样高冷难以接近的男人，有时候却偏偏能引起她征服的欲望。太容易到手的东西，人们往往不珍惜。

沈从文的姿态降得太低，已经完全不似一个高高在上的作家、学者，他忘了他是她的老师。姿态太低的人，引不起骄傲女子的兴趣，特别在那样一个年轻要强的年纪，也并不是所有人都能欣赏你谦恭的品格，有时这反而成为一道难以逾越的屏障。

但好在沈从文身上具备一种湖南人的蛮劲。无计可施的情况下，他开始"撒泼"。他对王华莲说："如果我失败，我只有两条路可走。一条是勉励自己，使自己向上，这条路是一条积极的路，但多半是不走这条路的。另一条有两条分支，一是自杀，一是出气。"

没想到王华莲把这句话传给张兆和，张兆和更加厌恶他，她因此认为他是小孩子气量，难道他要报复她吗？或者跟她同归于尽？她才不怕！

后来学校就有风言风语，说沈从文追不上张兆和闹自杀。张兆和也把他写给自己的信拿给校长胡适看，而胡适对沈从文顽固的爱却是十分喜欢的，他劝张兆和接受沈从文，并且在她面前将他称许一番。谁知张兆和张口便说："我顽固地不爱他！"

胡适对此很是失望，写信劝沈从文放弃："这个女子不能了解你，更不能了解你的爱，你错用情了。你千万要坚强，不要让一个小女子夸口说她曾碎了沈从文的心。此人太年轻，生活经验太少……故能拒人而自喜。"

字里行间都是对张兆和的不满，以及对沈从文的安慰。其实胡适说得没错，当时只有18岁的张兆和，对于沈从文炽热的爱，真的是无法理解的。

有多深的情，就有多深刻的背叛

然而沈从文注定听不进去，一如张兆和同样听不进去。她在自己的日记里写道："胡适先生只知道爱是可贵的，以为只要是诚意的，就应当接受，他把事情看得太简单了。被爱者如果也爱他，是甘愿地接受，那当然没话说。他没有知道如果被爱者不爱这献上爱的人，而只因他爱的诚挚，就勉强接受了它，这人为的非由两心互应的有恒结合，不单不是幸福的设计，终会酿成更大的麻烦与苦恼。"

站在她的角度，她想得不对吗？她也是对的。爱与不爱，本来就是两相情愿的事情，从来不是一个人的独自表演。

一个顽固地爱，一个顽固地不爱，两人开始了你追我闪。

爱欲红尘，沈从文走火入魔，抵死纠缠，历时三年零九个月，一堆厚厚的情书每天不间断地寄给自己的心上人，无论刮风和下雨。他真的把自己摆在了奴隶的位置，拿一心一意来顶礼膜拜自己心里的女神。

后来沈从文去青岛大学任教，他的情书依然殷勤，一封接着一封。不过这时候，他的文风却大变了，再不是最早的寻死觅活，而是遣词造句地发挥了文字高手的魔力。他写道："我希望我能学做一个男子，爱你却不再来麻烦你，我爱你一天总是要认真生活一天，也极力免除你不安的一天。为着这个世界上有我永远倾心的人在，我一定要努力切实做个人的。"

这样的转变让不屑一顾的张兆和终于另眼相看。她在心底慢慢地接受了他，接受来自于他久久骚扰而不止息的情书。

带着满腔思念，1932年暑假，沈从文竟然冒昧造访张家，他想要见一见她。

张兆和佯装有事不在家，由二姐张允和替她接待他。她请他进来，他不进，但又不愿走。张允和无奈，只能灵机一动，要了他的地址，他才低头离开。

倔强又自卑的一头老黄牛，为爱痴狂到这种地步，连张允和都觉得这样的人做自己的妹夫真的挺好！她便怂恿自己的妹妹给他回访，连说辞都一并教了她："我家有好多个小弟弟，很好玩，请到我家去。"

张兆和竟然老实照做了！

后来，二姐张允和代她给他发了一个电报，很简短的一个字："允。"四年痴情，终于换来一个字，不过他应当是欢欣雀跃的吧？

匍匐于爱情脚下的人，一旦卑微起来，足以惊天动地，如强风急骤，势不可当。然而，得到自己想要的结果后，是否一切都能称心如意，却需要日后漫长岁月的磨砺和考验。

心如磐石的美人终于放下了内心的坚硬，柔软以待这个如罂粟花一样的男人。在那一刻，她真的被他的信打动，被他的诚意所感动，她终是选择嫁给这个爱自己的男人，尽管，她也说不清楚，自己究竟爱不爱他。

爱情常常就是如此，特别对于女人来说，被人死缠烂打，总是防不胜防，心花怒放不知在哪一天就蛊惑了自己。一旦心门忽地大开，就会劝自己：接受一个爱自己的人，比追寻一个自己爱的人，可能来得更幸福吧？这是所有女人的通病，错误地以为这就是爱情。

1933年9月9日，这是一个格外美好的日子，沈从文在北京中央公园迎娶了自己心中的女神。然而，婚后生活的拮据，让他们之间产生了分歧。

他继续才子的浪漫，却不会关心柴米油盐的生活；她则为三斗米发愁，着装日益粗粝。一个性情敏感散发着华光，一个内心激不起半丝涟漪；一个只懂得人生哲学，另一个却懂得人生。

她对他的文字不太喜欢，那些潋滟的文句她也不感兴趣。身边这个无数女子爱慕的人，落入她的眼，竟发觉不出他的优点。

她对他说："不许你逼我穿高跟鞋、烫头发了，不许你以怕我把一双手弄粗糙为理由而不叫我洗衣服做事了，吃的东西无所谓好坏，穿的用的无所谓讲究不讲究，能够活下去已是造化。"

这完全是一个世俗女子的精神面貌！他吃了一惊！

两人的感情在逐渐破裂。

然而毕竟是自己千辛万苦追求来的女子，他的理智还是占据了上风，他可以包容，可以继续妥协。母亲生病，沈从文要回一趟湘西，但张兆和不愿一同前往。即便如此，在路上，他依然给她写浓郁的情书，他说："三三，乖一点，放心，我一切都好。我一个人在船上，看什么总想到你。"

或许是出于愧疚，经常不给他回信的张兆和，这次回了他一封信，她说："长沙的风是不是也会这么不怜悯地吼，把我二哥的身子吹成一块冰？为了这风，我很发愁，就因为我自己这时坐在温暖的屋子里，有了风，还把心吹得冰冷。我不知道二哥是怎么支持的。"

两人之间难得的一次通信，绵绵思念，款款深情。

然而这份美好却忽地戛然而止。

三年后，抗战爆发，沈从文离开北京去西南联大任教。张兆和依然不愿一同前往，她以孩子太小需要照顾为由，独自留在了北京。

谁都知道，但凡相爱的人，没人愿意夫妻长期两地分居，纵然不考虑一方背叛，也难抵那彻骨思念，也难忍为对方担忧的煎熬，夫妻若长时间不在一起，感情岂不是只有日渐寡淡？倘若真爱，哪里忍受得了这种分离？哪里硬得下心，在水一方？

聪明如张兆和怎么可能不懂这个道理？明眼人都看得出来，她虽然嫁给了他，却并没有在心底真真切切地爱上他。

他还是坚持给她写信。她也回信。然而却只是柴米油盐的琐事，时不时还要对他抱怨几句，她指责他过去不知道节俭，"打肿脸装胖子""不是绅士而冒充绅士"。

他心里的三三走下了神坛。其实她从未有意做个那样的女神，她拖着两个孩子生活，现实的窘迫已让她胆怯三分。

这个时期，沈从文开始质疑她移情别恋，在他看来，她本该有许多次机会离开北京来到他身边，她却总是想方设法拒绝他，故意搬出各种理由，一次次躲避跟他在一起的生活。

他写信给她，告诉她，她永远是一个自由人。

1946年，沈从文为纪念两人结婚13年，特意创作了小说《主妇》，用这个方式，回望两人十年多来的情感经历，向她表达自己深深的忏悔。

又或者，之所以选择13这个数字，是因为他知道自己曾是女神的"青蛙13号"吧？不论怎样，这个13号，到底还是圆了自己的美梦。

直到1948年，沈从文曾教过的学生贴出一张大字报，痛批老师的作品颓废，杂志上也严厉批评他为"奴才主义者"，他最终放下了笔，甚至患上了忧郁症，住在清华园疗养。

70岁时，他站在自己乱糟糟的房间里，从鼓鼓囊囊的口袋里掏出一封皱头皱脑的信，又哭又笑地对别人说："这是三姐给我的第一封信——"

接着，他哭了，像个孩子似的，哭了。

他曾说，"我行过许多地方的桥，看过许多次的云，喝过许多种类的酒，却只爱过一个正当最好年龄的人"。

微疗愈：

是爱上一个人幸福，还是被人爱更幸福？

是跟自己爱的人在一起幸福，还是跟爱自己的人在一起更幸福？

两全其美的意愿总是希望，你爱他，他也爱你。

可往往生活不能尽如人意，否则怎会有那么多哭天抢地？

得到过，便不懂珍惜。失去了，方才明白曾经幸福是如此接近自己。

时间的无涯，世事的变迁，哪一样不是千疮百孔，过尽千帆？经历过了，才发觉作比较是一件比较残酷的事。

与先前的爱作比较，想起现在的凄冷；与孤独地拥有作比较，想起追逐过程中前赴后继的炫目；与名存实亡作比较，才发觉失去也未必不美好。

其实，爱一个人容易，爱对一个人不易。适合自己的，才算最好的。

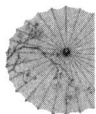

12. 爱是欣赏，更是扶持

——张伯驹·潘素

明月一年好，始见此宵圆。人间不照离别，只是照欢颜。

——张伯驹

P小姐是我的小学同学，她硕士毕业后，就嫁给了追求她十几年的同班同学，让许多朋友羡慕不已。

但她近期离婚了，独自抚养一个十岁的儿子，生活过得不尽如人意，昔日的荣华美貌，也早已消失不见。

当初暗恋她的同学手机私藏她两张照片，一张是上学时期的，清纯无比；一张是近照，憔悴不堪。她才三十多岁，却眼角皱纹遍布。

她不是不优秀，工作后，她仍然是女强人，单位骨干，业绩遥遥领先，但当初追求她的男人，却再也无法领略她的千般好。

在男人眼里，他们虽然是夫妻，但一周里往往五六天不见她的身影，偶尔团聚的一两天，她也风风火火地晨起暮归，她成了一道他无法解开的谜语。欢庆时，她不在身旁。迷惘时，她亦无踪无影。他们的婚姻俨然只是一种你追我赶的独角戏，尽管他很用心，可他到底累了。

而与她相反的S同学，本来平淡无奇，却在丈夫的照拂下活出了女人最精致的样子，他给她钱开咖啡店，支持她继续念书到博士毕业，陪着她时不时地全球旅行……

大部分同学谈及她，都感叹："被丈夫宠溺的女人，果真能脱胎换骨，魅力无穷。"

后来，S同学约我喝咖啡，我说出同学对她的艳羡，她深深一笑，说："哪有那么多幸运？不过都是成全和付出。"结婚数年来，她只坚守一条原则："他想做的，我就支持，无论成功抑或失败，大不了陪他卷土重来。所以他失败了，会庆幸还有我；他成功了，自然也就疼爱我。"

有时候，我们总以为别人的幸福夹杂着运气的成分，可其实好的爱情需要不顾一切的魄力，它建立在相互欣赏、相互支持、相互成全的基础之上。

不求万众瞩目，但求一生别具姿态

在民国大名鼎鼎的四公子之中，张伯驹是最不引人注意的一个。流年碎影，已有许多人不记得他，但当你走近他，你却再也忘不了他。

他有这样的魔力。他是一个文化奇人。他集收藏家、书画家、诗词学家、京剧艺术研究家于一身，围绕在他身上的话题，总离不了"义薄云天""赤胆忠心"，他把平生所收藏的无价之宝，比如中国传世最古老的书法陆机的《平复帖》和最古老的展子虔的《游春图》等国宝，无偿献给国家，而《平复帖》是他用4万元购买的，《游春图》是黄金170两易得的。他说："予所收蓄，不必终予身，为予有，但使永存吾土，世传有绪，则是予所愿也！今还珠于民，乃终吾夙愿！"

他捐了30年收藏的8件精品，成为故宫的永世藏品，政府为此奖励他20万元，他竟婉言谢绝。他说："我看的东西和收藏的东西相当多，跟过眼云烟一样，但是这些东西不一定要永远保存在我这里，我可以捐出来，使这件宝物永远保存在我们的国土上。"

这些宝物有些是他倾尽毕生心血购来的，有些是卖掉自己的豪宅换来的，晚年，他自己却过着红菜汤一盆、面包果酱、小碟黄油的清贫生活。

很多人不理解他为什么这么做。他回答黄金易得，国宝无二。买它们不是卖钱，是怕它们流入外国。他是一个收藏家，随便一幅作品卖到国外去，他都可以几辈子荣华富贵、子孙不愁。但他首先是一个爱国者，他的文物属于国家和民族，他考虑的从来不是自己。大富大贵的人多，但把一生财富捐给国家的却少之又少。

什么样的人可以永垂不朽？大儒景行、仁慈菩萨、高道善行、自带傲人风骨的人，才是一座无人能超越的里程碑吧？

黄永玉评价他："富不骄，贫能安，临危不惧，见辱不惊……真大忍人也！"

"穷通不改大家风，一任云天化碧空。地裂天青心似水，襟怀落落对苍穹。"即便他一贫如洗，他的仰慕者也数不胜数。

张伯驹的家世并不差，他是中华民国众议院议员张锦芳的儿子，后来过继给伯父张镇芳。张镇芳是袁世凯的同乡，也是袁世凯长兄袁世昌的妻弟，在民国，也是位风云人物。

但张伯驹的生活却朴素得令人难以置信，他不抽烟、不喝酒、不赌博、不穿丝绸、不西装革履，饮食非常随便，一个大葱炒鸡蛋就是上等菜肴，并且常年只穿一袭长衫。

他真的不像官宦人家的王孙！

与人交往，他遵从"君子之交淡如水"的原则，他的朋友周汝昌去他家，进去就喝茶、看书，进门和告辞的时候，从来不用打招呼，两人谁也不理谁，各自忙碌。

俗世多的是"近之不逊，远之有怨"的关系，到了他这里，却不念俗世、清淡悠远。

这样一个人，他需要的必定是一个能懂他、支持他、跟他志趣相投、有共同语言，并令他欣赏的女子。然而他一生经历过三次结婚，或离婚，或病亡，才终于在第四次婚姻中，迎来了与他真正珠联璧合的美人儿——潘素。认识她以后，他再也没有爱过别的女子。

张伯驹的第一段婚姻是父亲张镇芳张罗的，发妻李氏是安徽督军的女儿，裹脚女人，略通文字，但自幼秉持"女子无才便是德"的家训，琴棋书画样样不会。她身上没有令张伯驹欣赏的条件和资本。

所以，他待她也格外淡漠。

如果两人有个孩子，可能孩子作为润滑剂，生活也许会多一点生趣。但李氏又无法生育，体弱多病。

旧时，过门的媳妇儿要每天去给自己的公婆请安，由于身体不好的缘故，张家上下也都包容了她，但体谅归体谅，她一个人成天躺在自己的房中，无人问津，张伯驹也很少过去找她，这跟打入冷宫也没什么区别。

大概，陪伴她的只有青灯明月，她每晚都会对着墙壁哀思愁叹吧。

李氏病逝后，下一个来到张伯驹身边的女人是邓韵绮。

邓韵绮长得不算漂亮，不太擅长打扮自己，穿衣也不很美，但是，她是京城颇有名气的京韵大鼓艺人。

张伯驹迷恋京剧，时不时还要同其他几个公子同台献技。他还拜了余叔岩为师，学过一阵子京剧。对于这样的女子，他自然是喜欢的。

邓韵绮出身贫寒，因此格外擅长打理家事。她把家里安排得妥妥帖帖，事事不用他费心。在社交上，她也较为通情达理，能很好地处理同各方人士的关系。这样里外都是一把好手的女人，自然让张伯驹喜爱万分。因此，这段时间，张伯驹出入任何场合、游山玩水，都是由她做伴。

但好景不长，1948年，张伯驹同邓韵绮离婚。离婚的原因是，邓韵绮有抽大烟的恶习。张伯驹的生活俭朴有序，他怎能容忍枕边之人是一个大烟鬼呢？吞云吐雾的日子，他受不了。

张伯驹第三位夫人叫王韵湘，苏州人，这个名字是他给取的。他们两是经朋友介绍认识的。在王韵湘之前，李氏和邓韵绮都没能给张家生个一子半女，张伯驹父亲张镇芳本就无子，儿子是从弟弟那里过继来的，现在儿子又一直无子，他早已头疼着急不已。好在王韵湘肚子争气，怀胎十月，终于给张家诞下一子，这一下，张家上上下下简直兴奋不已。

张镇芳立即派人把王韵湘母子接到天津与他们同住，以便更好地照顾孙子。

王韵湘性格温顺，忠厚老实，虽然受到公婆的万般宠爱，却宠辱不惊，从不作威作福，对长辈、同辈、小辈，甚至下人，从来都很随和、实在，没有一点点少奶奶的架子。她不计名分，也不争财产，不管办什么事，都首先为别人考虑。

这样好的媳妇公婆很是放心，就把家里的持家大权都交给了她。

王韵湘和李氏、邓韵绮相处都非常融洽。她经常去李氏房中探望，跟她说说话，儿子渐渐懂事后，又让儿子过去给她请安。李氏生病，她为她请医生，或送她去医院，无微不至地照顾她，直到李氏病逝。

张伯驹同邓韵绮住在北京时，她时常带儿子过去探望，跟他们住在一起。张伯驹遇到潘素之后，就彻底住在了上海，只在农历新年后才返回天津与他们团聚。而王韵湘想去上海找他，张伯驹父母又不同意，他们舍不得孙子离开自己，同时，家里的一切都要她来掌管，她走了，无人问津。

守着一个家，为这个家倾尽所能地做事，却得不到这个男人的一心一意和天长地久，这对王韵湘来说，这样的婚姻无异于名存实亡，她最终和张伯驹也离了婚。

为她痴心为她醉，一生只够爱一个

潘素有令张伯驹完全沉醉的一切条件。

第一次见到她，他便惊为天人，才情大发，提笔就写了一副对联："潘步掌中轻，十步香尘生罗袜；妃弹塞上曲，千秋胡语入琵琶。"他把潘素比如王昭君，将潘素善弹琵琶都融入了对联里，才情万分的张伯驹，立即令潘素一见倾心。

潘素，原名潘白琴，苏州人，前清著名状元宰相潘世恩的后代。可惜她父亲潘智和是个纨绔子弟，家产被他挥霍一空，到她13岁那年，家里就家徒四壁了。先前出身名门的母亲沈桂香，为她聘请名师，教她绘画、音律，后来母亲去世后，继母王氏的到来，令她的生活彻底崩塌。

潘素琵琶弹得好，王氏就给了她一把琵琶，借这个理由，将她送进了妓院。

潘素年轻漂亮、气质好，大家闺秀的气质，又通诗书，谈吐不俗，弹得一手好琵琶，很快就在风月场上名动一时，人称"潘妃"。

美人儿自然不乏追求者，追求潘素的人中有一个国民党的中将，名叫臧卓。此时，他已与潘素到了谈婚论嫁的地步。如果不是张伯驹的出现，潘素嫁给他是板上钉钉的事情。

但张伯驹的到来，让潘素改变了心意。她意识到自己最爱的人不是臧卓，而是张伯驹。已有耳闻的臧卓怎么可能善罢甘休？他命人将潘素软禁起来，不许她再与张伯驹见面。

张伯驹在上海人生地不熟，情敌来头又大，这时候他放弃潘素也无可厚非。但是，他却一鼓作气，想尽办法营救潘素。为了救她，他请朋友帮忙，买通了臧卓的卫兵，趁臧卓不在，闯进潘素被软禁的地方，拉起她就走。外面的车子早已等候多时，逃跑的路线也早已设计清晰，他们这一走，远远地离开上海去了北方。臧卓也无可奈何了。

为了心爱的女子不惜冒着生命的危险，于虎口抢人，不抛弃、不放弃，这样的爱情也算惊天地泣鬼神了吧？潘素感激涕零，回报给他的，是一辈子的相濡以沫、恩爱白头。

来之不易的缘分，自然要倍加珍惜。从此以后，风流的张伯驹再没对其他任何女人动过心，他把所有的爱，都毫不保留地给了潘素。

结婚四十载，他为她写了无数首词。直到年近八旬时，去女儿家小住，仅仅暂别，他都忍不住深情款款地写词相赠："不求蛛巧，长安鸠拙，何羡神仙同度。百年夫妇百年恩，纵沧海，石填难数。白头共咏，黛眉重画，柳暗花明有路。两情一命永相怜，从未解，秦朝楚暮。"此等深情，真是羡煞旁人。

潘素爱绘画，他就为她聘请名师，请朱德甫教她画花卉，请苏州名家王孟舒教她山水画。又请夏仁虎教她古文。他们珠联璧合、琴瑟和鸣，她画山水，张伯驹写诗，又请人为她留下题记，其中不乏孟嘉、傅增湘、谢稚柳等名人。

她三次与大师张大千联袂作画，张大千赞潘素的画作"神韵高古，直逼唐人，谓为杨升可也，非五代以后所能望其项背"。除张大千外，潘素还与齐白石、廖仲恺、何香凝等合作绘画。

女人遇到了好男人，真的从此命运就改变了。好男人是一壶浇灌小树苗的清水，在他的栽培下，好女人的特质才能尽情地生根、发芽、开花、结果。

潘素遇到张伯驹，无疑是幸运的。同时，张伯驹遇到潘素，无疑也是幸运的。

张伯驹是有名的收藏家，对于收藏，几乎达到走火入魔的程度。

有一次，他看上了一幅古画，出手人要价不菲。而此时的张伯驹已不是彼时的贵公子，家里的经济状况每况愈下，容不得他任性购买。考虑家庭开支等一系列问题，对于他要买画的请求，潘素没有立即答应。他说了几句，索性就直接躺倒在地上，任潘素怎么哄，怎么劝，怎么拉，也不起来。顽劣得如同石猴，在自己心爱的人面前一团孩子气。这情这景，也是令人忍俊不禁的画面吧。

男人不轻易撒娇，爱撒娇的男人，要遇到善解人意的女人，这娇才撒得起。否则，男人只会收起自己的孩子气，全副武装，你永远见不到他可爱的这一面。一个男人只有在最心爱的女人面前，才会展现这一点。

潘素宠爱他，支持他的爱好兴趣，百分之一百二地依从他。她变卖了自己的首饰，最后让他得偿所愿。

这样的相亲相爱，比金钱宝物更价值连城。人生得遇一知己，足矣。如果说潘素嫁给张伯驹幸福，那么无疑，张伯驹娶了潘素也是幸运的。爱情应该就是两个幸运的人，携手共创更加幸运的事。

1941年，张伯驹身上发生了一件性命攸关的大事。这一年，他被汪伪政权的一个师长绑架了。

对方绑架后，来个狮子大开口，要价300万伪币，否则撕票！

张伯驹再有钱，300万对于他来讲也是个天文数字。何况，为了得到一幅画，他甚至可以卖掉占地15亩的豪宅。他哪有那么多余钱？

绑匪很显然在意的并不是他的钱，而是他所收藏的价值连城的宝物。他所收藏的字画，随便拿出去一幅卖，就够普通人用一辈子了。

张伯驹不傻，他劝潘素不要卖，潘素也懂他的心意，心有灵犀。危难之际，两人携手共进，她四处托人，打探消息，一面又变卖自己的首饰，最终，终于以40根金条，赎回了自己的丈夫。

一面是自己丈夫的性命攸关，一面又是他深爱的收藏珍宝。对于潘素来说，做出艰难的选择，无异于让她自断一臂。一个弱女子，在这样危难的时刻，表现出的是一种肝胆相照、患难与共的魄力和智慧，她的勇气值得每个人敬佩。

不经历风雨，怎么见彩虹？爱情上的曲曲折折，也许同样能为两夫妻的感情增添异彩，不患难与共，也许看不出情深几许。

1982年初，张伯驹因感冒住进什刹海西南的北大医院，转成肺炎，不久后去世。

十年后，潘素也离开了人间。到了另一处，她去陪他了。天堂又多了一对神仙眷侣。这对相互扶持、不离不弃、相互欣赏的伴侣，真是不枉此生。

微疗愈：

张伯驹活得任性无比，一生倾其所有购买藏品，却又毫不吝惜，大方捐献给国家。他本是腰缠万贯、高山仰止的人物，却在晚年，活成了一个清贫潦倒的糟老头。

可他最大的可爱也莫过于此，无论贫穷富贵，他始终都在做他自己。他一不认官，二不认钱，一生醉心于古代文物，不惜倾家荡产也要归为己有，俨然一个"败家子"，这是痴之所爱。而他对价值不菲的藏品，却又"不屑一顾"，他一人捐出了"半个故宫"，没有炫耀，没有高歌，为的只是能让这些文物留存故土，不至于流亡国外。

他的爱好是疯狂的，更是无私的，他的格局之高大，实在让人钦佩！他是真君子也！

晚年，他家徒四壁，为人所不平，但他却能淡然处之，既不怨天尤人，也不愤愤不平，他坚持本心，一生洁身自好，他活出了一个收藏人真正的价值！

他虽狂，但他身边的人却清醒，然而爱之深厚，潘素不仅不"动之以情，晓之以理"加以阻拦，反而同他一起"发疯"，他救她于红尘，她愿做他的知音，凡他所爱，她无不支持，即便陪着他一起落魄不堪，竟也能相濡以沫，活出生命最动人的颜色。

最好的爱情，大概就是这样，白首共咏，一命相怜，不羡功名繁华，只为深情款款。人生在世，何为幸福？张伯驹和潘素告诉我们，有惺惺相惜的爱人，有志同道合的兴致，有宽以待你的宠溺，有患难之际的挺身，四者兼备，攸往咸宜。

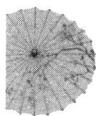

13. 不要爱上一个多情的人
——袁克文·刘梅真

隙驹留身争一瞬，蛩声催梦欲三更。绝怜高处多风雨，莫到琼楼最上层。

——袁克文

我在一次朋友聚会时认识了L，他看上去高大帅气，玉树临风，一副自带光环的公子哥儿派头。整场晚宴数他最吸睛，每个在场的人都主动同他交流、问候。他很有礼貌地回答，却在谈吐间，嘴角常不自觉地挂起一丝略带嘲讽的微笑，那一撇弧度不露痕迹地彰显着他的离经叛道、放荡不羁。

他家境颇好，清华毕业，但私生活颇乱。短短两年时间，他就交了十八个"国际"女友，每个人的交往都不超过两个月。

一次酒过三巡，他跟众人讲起一段尘封许久的往事。

他曾喜欢过一个跟他一样傲慢无礼、放荡不羁的女孩，无论那女孩处境多么糟糕，他总能第一时间出现在她面前，以一种沉默又霸道的方式不露声色地保护着她，可她屡屡被他关怀，却习以为常，扭头就投入别人的怀抱。

后来那女孩同别人结婚了，没过两年又离了婚，他一如既往地守护在她身边。其间，她想做的一切事，哪怕是疯癫的、夸张的、毫无理由的，他都会一掷千金，毫不犹豫地陪着她。就这样"疯着"度过了一段对他来说最美好的时光。

可是故事的结局，他依然没能感动她，在这段爱情里，他挫败得犹如烈士暮年，尽管最后女孩悔不当初，他却毫不迟疑地转身离去。

之后，他成了"万花丛中过"的角色。他很优秀，他的优秀不是温文儒雅，而是冰与火的交融，是春天里带着刺的植物，姑娘们迷恋他，而他只单单凝视着那个遥远的"她"。

高冷规矩地出没于风月场合

见过袁克文照片的人，大概不能不被他吸引。他长得有点像香港一位著名的电影明星。他有极其散淡的气质，温润如玉、似笑非笑，眉宇间透着一股淡然的笃定。他是标准的书生面孔，瓜子脸状，俊秀的脸庞，清清秀秀的，眼神里隐约有一丝忧郁，却又一半忧伤一半明媚，仿佛是参透世事沧桑的过客，又是刀光剑影的剑客，他沉郁、安静、清醒、苍远却又旷达放荡。

可以形容他的词语有许多，可以定义他的冠名也不少：袁世凯的儿子、天津青帮帮主、报刊专栏的才子、长袖挥舞的寒云主人、琴棋书画诗词歌赋的行家等，但家世显赫、博学多才的他，最引人谈论的却是他风流不羁、寄情风月、踏遍青楼、醉卧花丛，花非花雾非雾的生平。

他的性情像极了北宋时期爱喝花酒填词吟诵的柳永，他的人生也跟柳永有七分相似，他是民国四公子之一，他本可以地位显赫，但他只肯做个不食人间烟火的人生看客，富贵于他如同浮云，丝毫不留恋。

袁克文出生在朝鲜，他是袁世凯出使朝鲜为官，娶金氏为妾生下的儿子。但袁世凯的大太太因为生了一场重病后再也无法生育，所以他出生当天就被抱过去给了大太太做了儿子。

一出生，便母子分离。他的人生如梦般虚幻，不知是不是冥冥之中注定，造就了他玩世不恭的性情。

据传他刚出生时，母亲曾梦见一头巨兽自外而奔，朝自己猛地一扑，醒来肚子就痛，没多久，他就出生了。

而袁世凯同样做了一个梦。他梦见朝鲜国王牵了一头巨豹前来赠送，而这头豹子窜入内室不久后，袁克文就出生了。

因此，袁世凯给他取名"豹岑"，但"豹岑"显然不是他叫得最响的名字，他众所周知的名字是"寒云"，缘于昆曲《千忠戮·惨睹》中"但见那寒云惨雾和愁织，受不尽苦雨凄风带怨长"。后来，他又在京剧《一捧雪》之《审头刺汤》中饰演一个势利小人汤琴，最多的唱词就是"翻覆人情薄如纸，两年几度阅沧桑"。他爱煞这首词。那个时候，他的父亲袁世凯做了83天皇帝，刚刚美梦破碎。落地凤凰不如鸡，虎落平阳被犬欺。曾经对他家唯唯诺诺的人，此时赶紧冲他们吐唾沫、撇清关系。人情冷暖，他借唱词道尽。他唱得哀婉凄惨，观者时有潸然泪下。

有时候，一个人的一生，与戏曲编造的情节是如此相吻合，这样的遭遇，不扣人心弦，不荡气回肠，不触景生情，实在是毫无道理的一件事。他将人世与自己的身世相对比，冷淡地旁观，哀怨地吟唱，难道不是一种对世道沧桑的反抗？只是他无力，这点他心里很清楚。

从一开始，他就是反对父亲称帝的。

他的厌政和爱国由不得自己，谁叫他是袁世凯的儿子？父亲签署丧权辱国的"二十一条"，他愤然，吟诗："炎炎江海间，骄阳良可谓。安德鲁阳戈，挥日日教坠。五月九日感当年，翠灵下逼山为碎。泪化为血中心摧，哀黎啼断吁天时。天胡梦梦不相语，中宵拔剑为起舞。誓捣黄龙一醉呼，会有谈笑吞骄奴。壮士奋起兮毋踌躇。"他把这首诗写了一百幅扇面，部分送人，部分出卖。

为此他被一心想当"太子"的大哥袁克定告到父亲那里，袁世凯一怒之下把他软禁了起来。被软禁的岁月，他终日与典藏为伴，摩挲其间，研读不辍，并写诗以表达反对帝制的心情："乍著微棉强自胜，古台荒槛一凭陵。波飞太液心无著，云起摩崖梦欲腾。偶向远林闻怨笛，独临明室转明灯。绝怜高处多风雨，莫到琼楼最上层。"他早就看透了功名富贵，他知道那些都是浮云，它们来得快，一定去得也快。给你掌声的人，有一天，肯定也会给你唾骂。还不如醉一回，笑一回。

谁说醉生梦死就不高洁傲岸？有太多时候他只是无奈。借风流逃避现实，借迷恋软红遮蔽不满。大概对于他而言，闲云野鹤般的自由，才能使忧伤变成欢快。

千余红颜来送行，烟花之地亦有情

袁克文一生女人甚多，除妻妾外，还有七八十位不知名情妇。这些女子，大多来自烟花柳巷，他去世后，三千风月佳人自发奔丧，"群妓合资葬柳七"的壮观场面历史重演，他无疑是另一个偎红倚翠的柳永。

他的原配妻子是刘姌，字梅真。天津一个富商的女儿。说到娶她，有个匆忙的故事。

袁克文长得太帅，袁世凯带他去拜见慈禧时，被西太后一眼相中，立即要将自己娘家的侄女许配给他。袁世凯不愿被西太后控制，且已料到摇摇欲坠的清王朝指不定哪天就会崩塌，最主要的是，他有强烈的政治野心。情急之下，淡定撒谎，说儿子从小就与别人定过亲了，为避免西太后发觉，暗中打探，令袁克文急急娶了刘梅真。

好在刘梅真工于诗词，会弹古筝，会写漂亮小楷，她写的诗词、书法送到袁府后，袁克文看了十分欣赏，于是把年少时从朝鲜带来的折扇写上诗词作上画后，回赠给刘梅真。那扇子上画的就是一枝梅花。对感情，他真是心思细腻。

才子配才女，琴瑟和鸣，实在登对。但好景不长，袁克文天生风流多情，新婚过后，他就开始外出狎妓，常常彻夜不归。且养母沈氏对他宠溺万分，由他胡来。

这样，他跟刘梅真的感情就日趋淡漠了。

"骑马倚斜桥，满楼红袖招"，爱慕她的女子多如牛毛。他的第一位红颜知己是花之春，大他六七岁。因为刘梅真不满意，未能进门，后来病逝于南方。

第二位叫薛丽清，身材一等一的好，容貌也佳，皮肤洁白如雪，举止温文尔雅，自有一番夺魂摄魄的神韵。两人欢好之后，很快生了一子，后来他将她带入袁家。但薛丽清受不了袁家众多繁文缛节，在青楼待惯了的她，为追求自由，离开袁克文，重返烟花巷。

他们的儿子袁家骝长到三岁时，老妈子带过去给57岁的袁世凯祝寿，袁世凯见他可爱，便问是谁家的孩子。得知是新添的孙少爷，当即宣布让他的母亲来袁府。

袁克文的第三位交好——小桃红，此时充数来到袁家，还未结婚，当上了后母。

荣华富贵钦羡者众多，谁不想飞上枝头变凤凰？许多女子削尖了脑袋也许都实现不了的美梦，小桃红轻而易举地替她们实现了。

但有爱慕荣华富贵的，也就有不慕富贵只爱自由的。小桃红在袁府住了三年，也跟薛丽清一样，离开了袁克文。

第四位叫唐志君，能写一手好文章，是个极具才情又通情达理的女子，她跟袁克文同居的时间最长，而且能尽心照顾他。

但袁克文回到天津后，很快又交了新欢，把她忘记了。薄情却不寡义，他是百花丛中过，坐看云起时，花开花落两相逢，人来人往两相忘。

这第五位新欢叫栖琼，温婉善良，不仅得到袁克文的宠爱，连刘梅真也十分喜欢，常叫她陪自己一起去看电影。袁克文日久生倦时，刘梅真特意拿出自己的三千大洋私房钱为她赎身，把她接到了袁府。

像袁克文这样多情的男子，古往今来并不稀奇，民国时期多的是。但他和别人不同，每一段情，他都用情，都认真，也收放自如，风流偶傥。刘梅真同他吵架，每次他都淡淡一笑，不出一言，拂袖而去，继续开启他新的潇洒。

他能被人们深深记住，不是因为他是袁世凯的儿子，也不全因他留恋风月场合，还与他的多才多艺有密切关系。

他的字只要减价，一夜之间可以全部卖光；他酷爱收藏，张宗昌给他三万银圆叫他去上海办报，他挪用公款搜购珍邮。他只要一张口，沪上邮品价格马上就会上涨；他给报纸写专栏，谁家报纸有他的专栏，谁家的报纸必定销量大增；他总有一呼百应的本事，尽管他从不引以为然。

越是淡泊，便越超越；越是淡泊，便越不羁。他有70多个国家的稀币，200多精拓装成精品两部，他一留存，一送友，出手阔绰，驰骋"当世"。

一个人只有不在乎，把爱好当作第一昂贵的物品，拥有豁达的胸怀，才可以将一切都看作是身外之物吧？所以才能奋力得来，而又轻易送人。表面看，他散去的是金银宝物，实际上，他收获的是朋友满天下，对他越了解，爱他便越深。

1931年3月，袁克文患上猩红热，发高烧，经治疗后大为好转。但还没等痊愈，他就又去找相好喝花酒，结果很不幸，他命丧黄泉。

为他办丧事的天津青帮，徒子徒孙高达4000多人，和尚喇嘛僧俗各界都来了不少人，还有千余妓女自愿去哭奠，民国四公子，数谁最风流？非他莫属！

好友张伯驹挽联这么写他："天涯落拓，故国荒凉，有酒且高歌，谁怜旧日王孙，新亭涕泪；芳草凄迷，斜阳暗淡，逢春复伤逝，忍对无边风月，如此江山。"

他的一生其实是洞明世事，但甘愿看破红尘，是避世，是无奈，看他的著作《寒云日记》，文如其人，不食人间烟火，却又入世极深；众人皆醉我独醒，却又"他人笑我太疯癫，我笑他人看不穿"，就像一段香艳又清淡的传奇，令人唏嘘。

微疗愈：

若一个人的生活顺遂，事业稳健，未经离叛，没有伤疤，他对感情会不会多些期许，多些认真？

那些说着"与其专情，不如多情"的人，大多缺少安全感，他们多情却不滥情，他们会认真地看着你的眼睛说，"多情本是无情亦是痴情"！

那个人很好，才华洋溢，帅气迷人，你也很好，或许更加专一更加痴情，但他的多情吞噬了你的痴情。初遇时，你们的故事花前月下、云雨巫山，后来他的故事里，没了你的名字。

这样的多情之人，纵然魅力无边，却并不适合你。不如给自己化一个淡淡的妆，穿上得体的服装，脸上挂着理智的微笑走出门。我们早已不再是深宅大院中的长房夫人，无论甘心与否，都要接纳那纷至沓来的姨太太，你要知道，你执着与长情的对象，应该是那个同你待他一样用心待你的人。

14. 男神未必适合你

——齐白石·陈春君

花开天下暖，花落天下寒。

——齐白石

同学L留学归来后，我们一起为他接风。席间，他愁眉不展，问及原因，他感慨君住长江头，我住长江尾，他如今回国，而女友S依然生活在新加坡，两人还要继续维持三年的两地相思。

我问他七年之痒都跨过去了，还畏惧三年做什么？他反语道："我只是担心我太优秀，毕竟身边美女如云。"他的一席话立即遭到哄笑，"你也太自信了！"

一年后，L果然跟S分了手，原因跟他自己想的一样，身边追他的女孩实在太多，他觉得自己快要受不住了。

朋友J感慨："或许只有S那么优秀的女人才镇得住L这样的男人，只可惜，两人又隔得太远。看来优秀的男人不见得是每个女人的良配，得到了，守不住，也是徒然。"

一个收藏控

张大千曾远渡重洋拜访毕加索，按照常理，张大千也是世界级著名的画家，千里迢迢远道而来如此谦恭好学，毕加索见了，理应客套一下，给张大千戴个高帽，吹嘘一点，互相捧捧场，但毕加索却"不近人情"，提到了一个八竿子打不着的人，这就是齐白石。

提及他的名字，世界著名画家毕加索喟叹道："我不敢去你们中国，因为中国有个齐白石。齐白石是我们所崇敬的大师，是东方一位了不起的画家。齐先生水墨画的鱼儿没有上色，却使人看到长河与游鱼，那墨竹与兰花更是我不能画的。我真不明白为什么你们要到这里来，谈艺术，你们的艺术才是第一，日本第二，但日本也是偷师中国的。"

毕加索当着张大千的面儿完全没有必要提到齐白石，所以他表达出的赞美，肯定是发自肺腑、钦佩至极的。

齐白石出生于湖南湘潭，原名纯芝，号白石，祖籍安徽宿州。他早年曾为木工，做木工之余，拜师习花鸟、人物画，57岁定居北京。他所习画作均笔墨雄浑、色彩明快、造型生动、意境淳朴厚重。齐白石曾说，"一天不画画就会手生"，有时他一年的画作可以高达600多幅，而他又以画虾最绝，所画虾作个个栩栩如生，生动灵活。

夏午诒曾向慈禧太后推荐齐白石做内廷供奉，不过被他坚辞。

除去杰出艺术家这个身份外，齐白石还有许多标新立异的特质，比如，他特别节省、风流偶傥。

汪曾祺在《老舍先生》一文中提到，齐白石家里用的量米的竹升子都是他自己保管的。一大家人，吃米不少，每次吃饭，他都要自己亲自量米，家里做饭的媳妇说"不够，您再给添点"，他就嘀咕道："你要吃这么多啊！"然后再亲自量一筒。

老头还有一个收藏癖好，作画赚来的金条都藏起来，东一处，西一处，别人不知道放在哪里，他自己最清楚。

有次他带着一身的金条跑到李可染家里，说道："家里来了大儿子，怕被他翻到，所以都藏在身上，拿到你这里来了。"

还有一回政府给他换了一个比较大的住处，据传是清朝内务府总管大臣的一栋宅子。换了别人肯定是兴高采烈的，但齐白石不乐意，住了几天就嚷着要回去。家人都不懂他这要死要活的原因，老舍先生深知他有藏东藏西的嗜好，这时道："别，他这么惯了，不叫他住原来的，他就活不成了。"

中央电影纪录片厂拍摄《人民艺术家齐白石》时，叫他拿出一些精品来拍，齐白石死活不肯，还是徐悲鸿出面做的说客。他勉勉强强从画台里掏出几幅卷子，打开一看，徐悲鸿惊叹不已，这些全是他毕生精品、呕心沥血之作，每一幅都惟妙惟肖、精妙绝伦。

艺术与风流势均力敌

自古文人皆风流，齐白石的风流不次于唐伯虎。他一生有两次婚姻，但身边的女子却不止这两位。

齐白石第一位夫人叫陈春君，是他12岁时，家里给找的童养媳。七年后，两人成婚，前后育有五名子女，陈春君照料家务，养儿育女，齐白石改行习画，她也全力支持，夫妻异常恩爱。

后来，家乡盗匪四起，齐白石决心逃往北京，但妻子陈春君年事已高，无法继续相伴左右，只能带着孩子留在家里。但她又担心齐白石无法照顾好自己，就主动帮他物色了一个18岁妙龄少女胡宝珠。妻子1940年病故后，他回到家乡，痛哭流涕，撰挽联"怪赤绳老人，系人夫妻，何必使人离别；问黑面阎王，主我生死，胡不管我团圆"。

爱情里的合适，有时候往往比什么都重要。有个人知你冷暖，一心为你着想，即使不在身边，也能遥寄相思情长，这等牵挂和付出，往往最能打动人心，它不以时间和距离为转移，日久弥新，坚亘如磐石。

陈春君无疑是最包容而体恤齐白石的人，是最适合他的人，他对她自然充满感激，也充满怀念。斯人已去，徒留悲切，直到一年后，在亲朋好友的劝说下，他才将胡宝珠扶为正室。

老夫少妻，白发红颜，也是一段佳话。小齐白石39岁的胡宝珠为他先后生了七个子女，生第七个孩子时，齐白石已经78岁了，他原本以为这会是胡宝珠为他所生的最后一个子女，便给孩子取名"良末"，岂料齐白石精力过于旺盛，在他83岁时，胡宝珠又怀孕了，而这一次，她因高龄难产，不幸去世。

胡宝珠难产去世后的第二年，年事已高的齐白石准备续弦。经朋友介绍，他认识了一个北京协和医院的护士长夏文珠女士。

夏文珠此时四十四五岁，跟已故的胡宝珠年纪相仿，身材高挑，皮肤洁白，又有文化，能说会道，齐白石对她宠爱有加。

老夫少妻，少不了一个百般宠溺、唯命是从，一个恃宠傲娇、得寸进尺。夏文珠时常冲老人闹脾气，一个不高兴就离家出走。有次她回到娘家，齐白石叫自己的儿子齐良怜陪他去找她。到了夏家，夏文珠的母亲来应门，年纪比夏母还长许多的齐白石竟然双膝下跪，恳请道："请让文珠回到我身边来吧！"

齐良怜心里替父亲万分委屈，泪水不禁当场滑落。

一起生活了七年，夏文珠再次离家出走，这一次她再也没有回来。

经受几番感情风雨的齐白石，此时应该是热情殆尽，再好的女子，经常闹腾，也会让人有累的时候，这一次，他再没去找她回来。

后来，老乡又为齐白石介绍了一位对文学颇有造诣的女子，白石老人将她聘为秘书，留在自己身边，还给她取了个别名，叫"伍影"。

知名的评剧演员新凤霞有次去齐白石家做客，齐白石见到新凤霞尤其欢喜，打过招呼坐下后，就拉住对方的手目不转睛地看着她，这时一旁的伍影提醒他："你总看别人做什么？"齐白石说道："我为什么不能看她？她生得好看！"

新凤霞笑着说："你看吧，我是演员，我不怕人看。"这一句让在场的人都笑了，齐白石更是高兴，在旁人的撮合下，他收了新凤霞做干女儿。此后，他相继还收了许多女弟子，对女弟子均倾囊相授。

齐白石的风流倜傥，与他的艺术造诣，可谓势均力敌，不相上下。作为画家，他才高八斗，令人仰慕，57岁独自北漂，终成一代大师，这其中的艰辛外人不得而知，但他无疑是成功励志的典范，是别人艳羡钦佩的对象。

微疗愈：

民间有云："马行无力皆因瘦，人不风流皆因贫。"这话用在大部分人身上都合适。

羡慕别人风流，你可知道他背后的付出？

当生活把你的一切努力搞成黑色幽默，你是怨天尤人、却步不前，还是无惧无畏，勇往直前？如果你选择前者，那么你肯定没机会体验风流的滋味。

当你还在羡慕别人的同时，他们可能正把自己关在某个小黑屋里废寝忘食，那些看起来毫不费劲、风流潇洒的人，其实都努力在你看不见的角落里。他们比你更明白，没有人可以不劳而获，愿望与付出是一对孪生兄弟，它们始终并肩携手，形影不离。

一个人只有越成功，才能越幸运，才能将人生所有的坎坷曲折，拉成一道生命力旺盛无比的直线条；也只有当一个人内心有盏希望的明灯，他才能以飞翔的姿势，活出自己的价值。

永远都要相信，含泪播种，一定会含笑收获。

不论男女，当你拥有了这一能力，你就能扼住命运的咽喉，让生命的华章熠熠激荡。

15. 放过他，也是放过自己

——徐悲鸿·蒋碧薇

我会把我全部的爱给你，直到我生命的最后一刻。

——徐悲鸿

有的人，想起来是一个冗长的梦，只希望岁月冲淡了它，变成轻缕的烟，永远地随风而逝。

年轻时，我曾痴迷过一个人，他是个穷小子，可却又是位出色的作家，单从写作内容看，他文笔成熟老辣，自成一格，有大师风采，因此被市文联请过去，做了作协副主席。

那时，他写的每一篇文字，我都耗尽心思地去拜读，然后拍下来，再跑去打印社打印出来，装订成厚厚的几本册子，那些密密麻麻的文字，起初是我的心头肉，后来却演变成了我的噩梦。

我们短暂交往半年，后来他以去北京谋求发展为由，离开了我们共同居住的城市，也拉开了我们之间的距离。本以为这份朦胧的感情会随着岁月的拉长而日久弥香、弥足珍贵，后来却不幸从他老师口中得知他早已结婚的事实。他并非去了北京，而是去了别的城市，做了别人的上门女婿。

那是怎样的晴天霹雳！我甚至不愿相信这是事实，感觉整个世界都崩塌了！

自那以后，我的爱情观彻底颠覆，我深深地明白，有些人只能永远生活在你的幻想里，他们在某一领域有着超乎寻常的本领，作品风流不羁，人品却有待考量，起码，他不是我们要寻觅的那个人，我们也真的不能轻易去迷恋谁，不要以为赴汤蹈火就能善始善终。

其实，现实有时真的就只是一碗毒鸡汤，喝下去，死的人是你。

一半爱情一半风沙

徐悲鸿出生在一个平民家庭，父亲是一位私塾先生，母亲是一位淳朴的劳动妇女。他自幼随父习画，13岁时已能辗转于村镇靠卖画为生。17岁时，徐悲鸿独自奔赴上海谋生，后来因父亲病重，急返家乡。

20岁时，徐悲鸿再次前往上海。背井离乡的经历，让他在社会上结识了不少人，比如著名的维新领袖康有为，著名画家周湘、高奇峰等，这些人为他的成才起到了不可忽视的作用。在他们的鼓励和帮助下，徐悲鸿先后前往日本、法国、意大利、罗马、瑞士、德国柏林等地学习绘画，在他的不断勤奋钻研下，绘画水平日益提高，并奠定了其创作风格。

回国后，经蔡元培推荐，徐悲鸿成为北平大学艺术学院院长，他专程乘坐四轮马车去齐白石家邀其为艺术学院教授，并谦称："你岂止能教授我徐悲鸿的学生，也能教授我徐悲鸿本人哪！我徐某要借重您这把斧子，来砍砍北平画坛上的枯枝朽木！"

齐白石深受感动，从此二人成为相交甚深的好友。

徐悲鸿一生共经历四段感情，每一段都轰轰烈烈，荡气回肠，但前三段都没能白首偕老，走到尽头。

徐悲鸿在宜兴初级师范教授图画时，跟蒋碧薇的姐夫和伯父成为同事，那时候，他就经常拜访蒋梅笙。后来，蒋梅笙被上海复旦大学招聘成为一名教授，举家搬迁，而彼时的徐悲鸿却走到了穷途末路的地步，家里又给他包办了一场婚姻。

由于家庭负担加重，他的父亲又患有重病，所以，徐悲鸿一口气接了三所学校的工作，每天往返三十里路，为了省下路费，都是步行前去上课。后来又半工半学，来到上海，再次登门拜访蒋梅笙。

蒋碧薇对徐悲鸿的上一段婚姻十分了解，不仅没有嫌弃他的婚史，反而认为这样的穷小子志气高，能吃苦，对他非常欣赏。

蒋碧薇原名蒋棠珍，后来这个名字是徐悲鸿给取的，从此用了一生。她的父亲蒋梅笙既是徐悲鸿的老乡，同时又是他的大学教授。蒋梅笙很欣赏徐悲鸿，常常把他请到家里论诗说画，更是在家里时常称赞徐悲鸿，认为他日后定成气候，有次竟然当着女儿的面儿说，"我要是再有一个女儿就好了"。久而久之，徐悲鸿的形象在蒋碧薇的心里占据了一个非常重要的位置，徐悲鸿对这位天生丽质的名门望族的优雅小姐也产生了爱意。两人虽没有太多言语交流，但彼此都暗生情愫，爱得深切。只不过，当时的蒋碧薇已经有了未婚夫。

蒋碧薇13岁时，父母便为她选了未婚夫，男方是蒋家的世交、苏州的名门大户查亮采先生的二儿子查紫含。查紫含出身好，长得好，这些都是贫寒屌丝徐悲鸿无法比拟的，但这位公子却对考试有抵触和胆怯心理。同在蒋梅笙大学里上课，他却跑到岳父那里提前要一张考试试卷。这个细节让蒋碧薇对他的人品和志向充满质疑，对他的印象自然不能跟寒门出身却异常刻苦多才的徐悲鸿相提并论。

当时的蒋碧薇年仅18岁，这个年纪的春心萌动，一定是对自己仰慕的英雄，她们需要一个伟岸高大的男人做自己崇拜的对象，而绝不是一个投机取巧耍小聪不求上进的人。徐悲鸿与查紫含一经对比，反差明显，蒋碧薇的心理天平严重倾向于前者。

在康有为的支持下，徐悲鸿决定去日本留学，出发之前，他托自己的好友朱了洲扮了一次"红娘"，怂恿和说服蒋碧薇与他一起私奔。

堂堂名门望族的大家闺秀，性格安静，嫁入豪门，做标准的贤妻良母，平顺和睦地过一辈子，才是一生最佳的选择，但爱情的力量如此强大，蒋碧薇竟一口答应了，当夜就坐车随他私奔。

次日早晨，蒋梅笙发现女儿留下了一封"遗书"给自己，才顿时恍然大悟。自家女儿做出伤风败俗的事情，他脸上无光不说，还要配合着演一出戏：特意买了一个棺材，里面装着大石头，在《申报》上刊登"爱女病逝"的讣告，借以掩人耳目。

蒋碧薇随徐悲鸿先到了日本，后又去了欧洲，这段时间，他们日子清苦无比，常常要为吃住发愁，而徐悲鸿偏又痴迷画作，往往刚有了钱，他又把它们全部花掉买画，这让蒋碧薇很是心痛，但因为爱他，她只能支持他。两人的感情在这种困境中得到了升华。

不得不说，蒋碧薇是非常爱徐悲鸿的，否则哪个大家闺秀肯陪着一个贫寒落魄的男人，在异国他乡过着饥寒交迫的生活？对于蒋碧薇的爱，徐悲鸿自然是知道的，他也十分感激他。他专门定制了两枚水晶戒指，一枚刻着"碧薇"，一枚刻着"悲鸿"，将"碧薇"送给她。

虽然有朋友多次接济，他们的日子仍旧无法继续，最后迫不得已回到国内。这次回国后，蒋梅笙不忍心再次把女儿推出家门，开始全力接济这对小夫妻。

后来，依然是在康有为的帮助下，徐悲鸿弄了个官费的名额，再次重返国外，蒋碧薇顺理成章地跟随他去了法国巴黎。徐悲鸿在法国最高国立艺术学校里深造，蒋碧薇就在一家法语学校一边学习法语，一边精打细算两人的小日子。为了节省开支，她生活极其节俭，好看的衣服一律不买，颠沛流离的生活不仅没有熄灭她的爱情，反而让她处处为他着想，全心支持他的事业。

正是由于蒋碧薇这种自带的朴实与清纯、痴情与天真的光环，让她更显动人。当时同在巴黎学画的穷学生张道藩在慕名拜访徐悲鸿时，对穿着朴素，却透着一股贵妇气质的亭亭玉立的蒋碧薇一见钟情。

或许在张道藩看来，能够陪着心爱之人远赴他乡并乐于安贫乐道的女子世间罕有吧？所以后来他几次给蒋碧薇写信表达自己的爱慕之心，却都被她以"冷处理"的方式拒绝了。在她心目中，徐悲鸿才是自己的归宿，她不愿背叛他们之间最纯洁的感情。

后来，清政府发了官费，徐悲鸿独自回国又给几个南洋富翁画了几张画，得了七万大洋。贫穷交迫的日子终于可以结束了。但蒋碧薇却发觉徐悲鸿并不在意这种让她惶惶不可终日的生活，他很快就把钱花光了。

"我18岁跟随他浪迹天涯，二十多年的时间里，他不曾给过我一点照顾，反而让我受到无穷的痛苦和责难……"后来两人分手后，蒋碧薇在回忆录里不无感伤地表达自己的心痛。

相反的是，从初遇，到分离，再到重新来到巴黎，甚至于蒋碧薇已经身怀有孕的情况下，张道藩一如既往地痴心不已，他从未间断给她写信，表达自己浓浓的爱意，但蒋碧薇依然很冷静地拒绝了。

无论是明艳艳的那个身姿绰约的少女，还是已有身孕的蹒跚步行的少妇，他能包容她所有的身份，他都爱她，张道藩的爱毫无疑问是真挚的。后来他终于心灰意懒，娶了一个法国姑娘为妻。这一路漫长时光，同样也可以鉴证蒋碧薇对徐悲鸿的爱有多么深沉。

她对他念念不忘，他却为别人赴汤蹈火

学成回国后，徐悲鸿声名鹊起、如日冲天。苦尽甘

来，按说蒋碧薇终于熬到头了，但此时他却移情别恋，爱上了自己的学生孙多慈（原名孙韵君）。

老家的弟弟和姑母相继去世，蒋碧薇回家奔丧，一住好几个月，有一天她忽然接到徐悲鸿的一封来信："碧薇，你来南京吧，你再不来的话，我会爱上别人的。"

徐悲鸿的言辞恳切，透着一股真诚，却也隐着一份难以遏制的焦虑。看得出来，他对于跟蒋碧薇之间的爱情还是很珍惜的，但他已经无法管住自己的内心。坦诚并非坏事，但这种坦诚，却犹如定时炸弹，让蒋碧薇心里一紧，女人的安全感也开始由此瓦解。

徐悲鸿嘴里爱上的女子，正是他的学生孙多慈。她的父亲是北洋军阀孙传芳的秘书，父亲被捕出事时，恰逢她在参加高考。著名的省立第一女子中学的才女孙多慈因为精神受到打击而发挥失常，不得不以旁听生的身份去徐悲鸿的艺术系学习。

17岁的少女，白皙的皮肤，楚楚动人的气质，却有着一双忧郁惹人怜爱的眼眸，她上课走神的样子，徐悲鸿尽收眼底，时常会留意她的表情而把讲课的速度放慢下来。对于孙多慈的感情，徐悲鸿大概是同情怜悯与爱才爱慕兼而有之。

师生恋很快开展，徐悲鸿带着十几个学生去天目山采风时，孙多慈送给他两颗红豆，两人忘情热吻，徐悲鸿还将两枚红豆打造成戒指，作为二人的定情信物，并把这次采风的经历以绘画的形式记录下来——他创作了一幅油画《台城月夜》。

巧的是，他们接吻的画面被一个学生用相机拍下来，之后两人的恋情曝光，蒋碧薇知道后恼羞成怒，及时采取各种报复行为，试图遏制住二人恋情的发展。

然而无论她怎样努力挽回这个家庭，徐悲鸿的心却再也收不回来了。她越是捍卫自己的利益，在他而言，她便越是泼辣如猛虎，令他不寒而栗，对孙多慈也倍感疼惜。最终，徐悲鸿在报上发了一纸声明："徐悲鸿启事：鄙人与蒋碧薇女士已脱离同居关系，彼在社会上的一切事情概由其个人负责。"

不得不说，这一封启事严重伤害了蒋碧薇的内心，如果说先前她是脆弱腼腆的话，那么这一"同居关系"的说法，则令她痛恨不已。在一起这么多年，他甚至都没承认她跟他的合法关系。先前为他所做的所有牺牲，陪他吃下的所有苦，似乎都是活该，这口气她实在咽不下，对她而言，这个男人实在过于绝情。

闹得天翻地覆后，孙多慈选择转身离去，而蒋碧薇煞费苦心地陪同徐悲鸿再次欧洲行，希望借这次出国散心的机会重拾旧梦，让他回头，但她却很痛心地发现这个男人的心根本不在自己身上了。

她曾经为了爱他而同他私奔，越是炽热的爱，燃烧殆尽时便越显得渺小不堪。蒋碧薇修复感情的初衷没能实现，心灰意懒之际，深爱着她的情圣张道藩又再次出现，彼时已贵为国民党要员的他，向她倾诉自己的爱慕的同时，也倾吐了他与外国妻子无法沟通的现实。两个同病相怜的人，就在这种情况下惺惺相惜般地好上了。

失去孙多慈的徐悲鸿选择再次出国，应邀去了新加坡印度讲学，这一去就是三年。三年的时间正好为张道藩腾出位子来，蒋碧薇被他的体贴细心彻底征服了。三年后，徐悲鸿回国，孙多慈早就已婚，他试图挽回跟蒋碧薇之间的感情，可刚烈如她，怎么可能继续这样一段破碎不堪的婚姻呢？即使是双方友人几度相劝，她也铁了心要跟他离婚。

"假如你与孙韵君决裂，这个家的大门随时向你敞开；但假如人家抛弃你，结婚了，或死了，你回到我这里，对不起，我绝不接收！"蒋碧薇的爱恨是分明的，她不愿给他回头草吃，因为她要活出自我来。当一个男人不再爱自己，那么她就要学会自己爱护自己，为自己活，为关心她的人而活。

"不愿同一个恶意遗弃我的人共同生活"，离婚的当晚，蒋碧薇还看似毫不在乎地同朋友玩了整个通宵，离婚条件也提得十分苛刻：一百幅画、一百万元、四十幅古画，此外还要将每月收入的一半交给她，作为儿女的抚养费。对蒋碧薇来说，分手狮子大开口，可能只是宣泄她对他不满的一种方式，但也是维护女性尊严的一种态度。她无疑是狠了点，但徐悲鸿自知有愧，竟很爽快地答应了。

就在他们的婚姻处于分裂的边缘之际，缘分再次来临。特意从湖南赶来的女孩廖静文前往中央美术学院应聘图书管理员一职，面试时她说自己想一边工作一边读书，主考官徐悲鸿就将她留了下来。

成为徐悲鸿助理的廖静文对他有着少女崇拜般的仰慕，朝夕相处中，她对他关怀备至，直言不讳地指出他的心思太重，而徐悲鸿也坦然承认，他已经八年没有回家了。这样疏淡又暧昧不明的感情直到有一天她为他披了一件衣服，自己却因此受冻住院而得到了升华。

廖静文住院，徐悲鸿每天都过去摸摸她的头，给她量量体温。那天天色已晚，他很久没有出现，廖静文以为他不会再来了，就忍不住哭了起来。恰在此时，他出现在她面前。于是，她忽然很勇敢地告诉他："我哭是因为你今天没有来。"

不寻常的感情因为这一句话终于肆无忌惮地蔓延起来。为了跟廖静文在一起，徐悲鸿再次在报上刊登启事，再次申明他与蒋碧薇的"同居关系"已经解除。此时的声明对他们二人而言，就像一塑雕像，如此坚硬，如此伤人，但蒋碧薇对这敏感字眼却已经达到麻木程度。

一个女人伤筋动骨后的大彻大悟未必是件坏事，也可以是促使她更加坚强的催化剂。爱之深，恨之切，那些如浮云般的爱情只是生命片刻的场景，偶尔搅乱了波心，却终难平静。留给蒋碧薇的是一个沉痛的教训：要求你陪他卧薪尝胆的男人，并不可靠。

离婚后，徐悲鸿娶了廖静文，他们的婚礼在重庆举办，由郭沫若主持，这对相差28岁，跨越年纪界限的老少恋，却造就了徐悲鸿晚年最幸福的时光。婚后两人生有两子，恩爱和睦，她对他的照顾细心体贴，一家四口的生活和谐美满。

徐悲鸿去世时年仅58岁，临终前，他对她说："我终于找到了我所最爱的人，除了你，没有人会对我有这样的爱情，我要把我最珍贵的东西都送给你。"廖静文这时才刚满30岁。对她而言，生命好像才即将开始，却突然戛然而止。她没料到他会这么早就离她而去，但那一刻的到来，却不得不坚强面对。她自作主张把他的画作、收藏品全部捐给了国家，并且奔波于筹建徐悲鸿纪念馆。同时，她又跑到学校继续求学，立志为他写一部传记。

孙多慈在得知徐悲鸿去世后，竟昏厥倒地，她甚至公然为他守孝三年。

蒋碧薇后来也与张道藩分手，之后她写了两本回忆录，一本是《我与悲鸿》，一本是《我与道藩》，对于前者，她痛心疾首，而对于后者，则充满溢美之词。他们之间的往事，终是应了那句老话：我们对身边的人苛责，对外人才足够宽容。

微疗愈：

男人出轨，女人该怎么做？

蒋碧薇从来不是那种隐忍、压抑、静若处子的人，打从她为爱私奔、无家可归的那一刻起，她就分明是个果决、勇敢、爱憎分明的女子。邂逅爱情时，她不顾一切，颠沛流离、穷困寒酸她丝毫不怕，为了丈夫的画展能在欧洲顺利举行，她一介女子，竟能所向披靡，从中周旋，用特立独行的人格魅力助夫一臂之力，她爱得浓，爱得烈，爱得铭心刻骨。

　　爱情曲终人散，满地尽是苍凉。从前，为了自己爱的人，可以断然拒绝深爱自己的人；如今，一切都是过眼云烟，同样就可以为了恨，去接受别人的好。

　　转身，对她来说，与其说决绝，不如说是沉痛之后的反省。

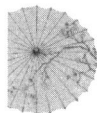

16. 有趣的灵魂相互吸引

——黄永玉·张梅溪

任何一种环境或一个人，初次见面就预感到离别的隐痛时，你必定是爱上他了。

——黄永玉

一位企业家朋友，年过四十，一直未婚，谈起婚事，家人朋友都很好奇，他究竟想要娶怎样的女子？不用细问，大家都是心心相通的，他必定要求高。

然而后来他突然宣布结婚时，我们看到的是一个外表非常普通的女孩子，但相处久了，才发现那女孩子的种种好。

她很独特，有点文艺范儿，爱做梦，爱旅游，会摄影，擅长绘画，有时候很安静，有时候很顽皮，既文静，又古灵精怪，总是能带给人出乎意料的感觉，你永远摸不准她下一步要做什么。

他去外地出差，她忽然出现在他面前，给了他一个大大的惊喜；两人发生争执，他恼火万分，她突然转过脸来给他一个灿烂的微笑；他睡着时，她在他脸上画个大花脸，几撇胡子夸张有趣，连他自己看到后都情不自禁地笑；他爱吃辣，她陪着他吃，辣到肚子疼，半夜三更他送她去医院，可病刚刚好，她依然下厨为他做超辣的饭菜，美其名曰要跟他"臭味相投"；他有时疲倦不堪，不愿搭理人，她就静静地做自己的事，等得不耐烦了，突然骂他一句："臭男人，不理人！"诸如此类，他想起她来，每次都忍不住心花怒放，好像回到了十八九岁的年纪。

他承认，在他的交际范畴内，她不是最漂亮、最优秀、最门当户对的那个，但是，却是最能激起他内心涟漪的那个。因为她太好玩，太有趣，总是把平淡无奇的生活，演绎得多姿多彩。

后来，大家都读懂了他们的爱情——有趣的灵魂相互吸引。

九十高龄的野孩子

林青霞参加真人秀节目时曾透露她去拜访过黄永玉，画坛鬼才黄永玉老先生却对她说："我想把你变成野孩子。"一股子乡野孩童般的玩世不恭，这就是93高龄黄永玉给人留下的印象。他是一个活得最像自己的老头，精力旺盛，思维敏捷，有时孩子气，有时慈悲，有时顽劣有趣，有时聪慧狡猾，他一生经历丰富，却也脾气不减当年，斜戴贝雷帽，时尚得不像90多岁的老先生。

黄永玉烟不离手，一顿能吃一碗饭，不近视不花眼，口齿清晰，走路飞快，早起晚睡，每天工作可长达八到九小时，他自称90后，每周末必看《非诚勿扰》。90岁时，他写了自传体小说《无愁河的浪荡汉子》，在《收获》上连载；92岁时，他亲自执笔设计出中国第一枚猴票，如今票价已涨到十几万元；93岁高龄，爱穿红装。

与别人的迟暮之年相比，他活成了相反的样子，不仅没感觉迟暮之年有什么不好，反而尽情挥霍，活得欢天喜地，任性自在。谈到人生，他说"躺在地上过日子，贴着土地过日子，有个好处就是，摔也摔不到哪儿去"。内心持有洒脱心境的人，看世间一切都是通透的，所以才能不畏岁月苍狗，保持坦率充满童心吧。

某年轻作家曾到他家拜访他，谈及郭敬明，黄永玉说，"我没有很喜欢他，他来我家做客，我就款待他，但我也没看过他一本书"，文人之间互相吹捧自然是各有所获的美事，多数人也乐享其成、心照不宣，但老先生偏不吃这一套，耿直得叫人无言以对，据说自那以后，该作家与他之间再无交集，彼此间的缘分就这么匆匆而过……

别人向他求教养生，他却说，"我爱睡觉、抽烟、聊天，不爱运动，不吃水果，最重要的秘诀就是不养生"，他更像金庸笔下的"老顽童"，自在纯真，所以老当益壮、无忧无虑、洒脱自如。

他说："我们这个时代好像一个眼口很大的筛子，筛筛筛，好多人都被筛下去了，剩下几个粗的，没有掉下去——我们是幸运的。"对于"幸运"，他回报给它的是辛勤的付出，忘我地创作。

60多岁时，黄永玉几次前往法国、意大利等地漫游写生，背着重达20多公斤的画具，一天就能画上9个小时，

"生命不止，折腾不息"已成为最符合他的人生标签。在这种折腾下，他的画自然要价不菲，据传他给出的画价是一平方尺6万元。因为太贵，所以识相的人都不敢开口向他索画，回乡后，他在自家门口挂着一则启事："凡索画、书法，一律以现金交易为准，并将所得款项修缮凤凰县内风景名胜、亭阁楼台之用。"所以他又收获了另一名号："狂人。"

据传，当年黄霑与相恋多年的女友林燕妮分手，投资的电影公司也经营失败，负债累累，四处躲债，无家可归，正是人生四面楚歌的日子，很多人都不再理会他，而黄永玉却主动找上门去安慰。不过他安慰人的方式很"特别"，又或者说是根本不擅长安慰。他对黄霑说道："失恋算什么呀，你要懂得失恋后的诗意。"一向豪放不羁、性子急躁的黄霑当即反问他："失恋得都想上吊了，还有什么诗意？"

其实仔细回味，失恋也未尝不是一种诗意，把失恋当作生命长河的一部分，能从中吸取人生教训，看清人性，从分手中获得超脱，重新抵达自己的灵魂深处，这当然是一种脱胎换骨，一种"诗情画意"。只是这个过程需要舒缓，需要时间的过渡。火烧眉毛的当事人，那时那刻想要立竿见影地理解、感悟这句话，并不是一件十分轻松的事情。

确认过眼神，那吹号的小伙子

背井离乡的黄永玉，19岁那年来到江西，在一家小艺术馆工作。他的初恋——一个美丽大方又温柔的女子张梅溪，如同下凡的仙子一般映入了他的眼帘。黄永玉对她一见钟情，在工作中，他发觉她不仅美丽，而且淳朴天真，聪明伶俐。他被她深深地吸引了。

张梅溪的家境不同凡响，她的父亲是一名非常有钱的将军。俗话说"门当户对"，黄永玉有些胆怯了。面对众多追求张梅溪的人，黄永玉自知他的条件很不好。不仅他有"自知之明"，张梅溪的父母也看不上他这个"流浪汉"，他们把女儿狠狠地教训了一番，全家一致反对的压力，像一座高山一样压在张梅溪和黄永玉的心间，爱情的丘比特之箭时不时也在摇摆不定。

黄永玉听说追求张梅溪的人里有一个富家公子哥儿，人长得潇洒帅气，在航空站工作，为了追求张梅溪，特意投其所好，听说她喜欢骑马，每次过来都牵着一匹马，邀请她一起去大树林里游玩。黄永玉心有余而力不足，别说马了，连自行车他都买不起。

焦灼的爱情总能激发人的创造潜能，如果你对一个人相思至深的话，赌上自尊也博得红颜一笑。黄永玉不仅没轻言放弃，反而另辟蹊径，他买不起马，就选择定点吹小号，在张梅溪每次出现的时刻，他都会站在楼上的窗前吹起小号，这种持之以恒的"浪漫"，打动了姑娘的芳心。

而那位牵马而来的翩翩青年，却因其过度的虚荣、卖弄、炫耀，反而遭到姑娘的反感与嫌弃。他应该不会想到，并非天下所有女子都热衷于滚烫的金钱，有时她们更钟爱那一颗为其不顾一切的滚烫的心。

两人确定恋爱关系后，有一次，黄永玉看中了一块木刻版，当时他在木刻方面自学成才，取得了不错的成绩。他很想买下来，但转而又一想，如果买下这个，需要花八分钱，那么就不能理发了，当时不流行留长发，他又不想在心爱的姑娘面前太"潦倒"。这么思来想去，张梅溪倒看在了眼里，她非常善解人意地对他说："你去理发吧。"黄永玉很是尴尬，说："如果理发，那木板就没有了。"

鱼和熊掌不能兼得，张梅溪鼓励道："那我送你一块木板吧。"没多久，她真的买了一块他想要的木板送给他。但两人的恩爱遭到张梅溪父母的拼命反对，黄永玉终于自惭形秽，不告而别。

他只身来到赣州，在这里找到了一份报馆的工作，工作之余，遥想千里之外的心上人，不免伤心。而在此时，张梅溪也在同样地思念着他。

一天，黄永玉正在暗自伤心，意外接到了张梅溪的电话。原来，她把自己的一条金链子卖了，攒了钱，谎称出去看戏，从家里逃了出来，一路跟随一支由地下党组织的演剧队，又坐了黄运车，这才来到了赣州。

千里寻夫的壮举让黄永玉感动不已。他立即从朋友那里借来一辆自行车，风驰电掣般骑了60公里路，当他距离赣州还有10公里时，已经是晚上10点多了。

夜色的降临，让他急于与心上人相见的那颗心暂时冷静下来，他找了家店住了一宿。这家店没有被子，寒夜入侵，他便用散的鸡毛盖在身子上取暖。次日一大早，他把身上的鸡毛全部拍掉，继续赶路。

见到黄永玉的那一刻，张梅溪并没有两眼泪汪汪，反而差点笑出了眼泪。原来，他从头到脚，全身都是鸡毛。

这场浪漫的"私奔"，就以彼此的感动完美收官。

幸福来得困难却又简单。他们之间隔着重重阻隔，但她还是千山万水地为他而来。他怎能不感动？又怎能不忧伤？越是深爱一个人，便越是觉得肩头的担子重。他试探地问她："如果有一个人爱你，你怎么办？"张梅溪故意说："要看是谁了。"黄永玉说："那就是我了。"张梅溪回答："好吧。"

心照不宣，无需太多华丽的宣言。美好的感情，往往都不需甜言蜜语的作料。朴实无华的一个微笑，一个行为，可能更加历久弥新。

后来，黄永玉跟张梅溪在朋友的见证下，在他们住下的那家小旅馆，简简单单地举行了一场特殊的婚礼。后来，在《音乐外行札记》中，黄永玉提及了这段经历，张梅溪父母曾经这么劝自己的女儿："你嫁给他，没饭吃的时候，在街上乞讨，他吹号，你唱歌。"

抗战最后的那几个月，黄永玉把小号弄丢了，后来，他千方百计花了数万元重新买了一把。这把爱情的"小号"他不仅吹了一生，而且用实际行动证明，他给她带来的不仅是勇敢的追逐，还有锲而不舍的付出。这把"小号"里蕴藏着他们美好的爱情，还有他刻苦耕耘的精神。他没让她过上她父母以为的苦日子，在以后漫长的岁月里，他的艺术生涯不断上演着缤纷的奇迹，他用忘我的奋斗，给了她一个如音乐一般美好的灼华人生。

晚年，张梅溪身体孱弱，"文化大革命"时期，他们被赶进一间非常狭小的房子里，她病倒了。黄永玉心急如焚，为她请医生也不见好，后来灵机一动，在自家的房子墙壁上，画了一扇两米多宽的大窗户，窗外尽是绚丽的花草，那熠熠生辉的阳光，如同他的爱一样扑面而来。

张梅溪每天就是靠着这幅画，艰难地熬过了那风雨飘摇的日子。后来，黄永玉被下放到农场劳动三年，为了鼓励妻子张梅溪，他刻意偷偷写下一首长诗《老婆呀，不要哭》，以此来安慰她，并大胆地对她说"一百年不变"。

一百年太久，有些人朝夕过后，已是陌路。没有一份坦荡跟责任，再美好的往事都可能染上尘埃，经年不返。但爱情的马拉松却青睐相濡以沫、苦尽甘来、忠于爱情的人。对于黄永玉跟张梅溪而言，他们的爱情如同一场精彩的奇幻漂泊，爱情有多真，漂泊就有多远。

微疗愈：

人生往往是出乎意料的，它不以你的意志为转移。你把它看成"这样子"，或许它偏要向你无法左右的"那样子"发展。就像你给一个人下定义，定位不准，纵使翩翩美少年，姑娘依然可以挥一挥手说"咱们不是一路人"。

人生又是意料之中的，它会以你的意志为转移。你愿意把它看成"这样子"，找准目标，倾尽全力，不惜一切，必要时还能明白"舍得与放弃"，做到一份豁达与洒脱、无私与宽阔，也许，属于你的蓝图它真的就是"这样子"。

幸福的爱情，是找到对的那个人，在对的时光里珍惜和陪伴，如时光绵延、无休无止。

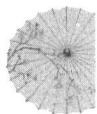

17. 挥别错的，才会遇到对的

——顾维钧·严幼韵

这只有让历史来证实了。

——顾维钧

朋友H酷爱折腾，国内top1大学毕业的高才生，上海外企骨干员工，事业顺风如意，却说辞职就辞职。辞职的那天，据说家乡飘着鹅毛大雪，他竟饶有兴致地给老板写了一封与雪有关的、公司有史以来最长的辞职信，让他的老总哭笑不得。

而那天，老总给他升职的许诺刚好兑现。

H辞职后，头也不回地离开了上海，回到了他的老家，一个十八线的小县城。

后来，他几经折腾，创业、失败、欠债、还款、再创业、再失败，反反复复，历经无数次刀尖人生，终于成为一名颇有成就的企业家。

那些奋斗的日子里，他在感情上也没闲着。"一共谈了大概20个女朋友吧，"提及这夸张的数字，他丝毫也不忌讳，"虽然谈了那么多场恋爱，但我并不随便，我每次恋爱，都是因为喜欢。"

后来的他，事业爱情皆大欢喜。婚后，专一而幸福。

许多人乍听别人恋爱无数，马上就会认定此人轻浮，其实这是毫无道理可言的。恋爱就像一场高烧，烧退了仍要继续，每个人都是一边走，一边调理修养。

每一场恋爱更像是清醒地认知自己，直至山穷水尽，才遇柳暗花明，才能明白哪一种人，最适合自己。

因为，我们总要挥别错误的，也才能遇到正确的。

风花雪月一场梦，一半风雨一半彩虹

才华卓越又英姿帅气的男人总免不了桃花朵朵，然而过盛的桃花运下，一个人的品性如何，却往往暴露无遗。

感情的是是非非，总经不起岁月的沉淀，一切黑白错乱，灰飞烟灭。

顾维钧字少川，是民国第一外交家，他24岁获得美国哥伦比亚大学博士学位，27岁成中国驻美国公使，34岁任外交部长，《联合国宪章》上签署的第一个中国人的名字就是他，在中国的外交史上，可以说"光芒四射"。

外国人对顾维钧的评价是："中国很少有比顾维钧博士更堪作为典型的人了。平易近人，有修养，无比耐心，温文尔雅，没有哪一位西方世界的外交家在沉着与和蔼方面能够超过他。"

就是这样一个温文尔雅的外交家，在巴黎和会上，却为了维护中国的利益激昂陈词，痛诉山东问题由来已久，并据理力争，坚决维护山东主权。他剑拔弩张，以一对十，他的锋芒令外国人肃然起敬，美国总统威尔逊、英国首相乔治等纷纷向他发来贺电，让他既有尊严又有才干的捍卫者形象闻名于世。

同他的光辉履历相比，他的婚姻也是万众瞩目，熠熠生辉。

顾维钧对她自己的婚姻有过以下总结："主命，与张润娥完婚，算是旧式家庭的旧式婚姻，实属无奈；主贵，与唐梅（唐宝钥）联姻，借以发展自己的政治地位；主富，与糖王之女黄蕙兰通婚，可以多财善舞；主爱，与严幼韵结合，相亲相爱，以期白头到老。"

没错，他一生共结了四次婚，且四位太太都是来头不小。第一位妻子是晚清上海道尹袁观澜幕僚张衡山的女儿，当时顾家清寒，顾维钧的父亲举家来到上海，当上了袁观澜的师爷，张衡山与他是同事。

张衡山有个本事，会看相，见到顾维钧后，认定顾维钧日后必定一帆风顺，富贵双全。他膝下有一女，与顾维钧年纪相仿，于是就托人攀亲。顾维钧父亲觉得这门亲事是高攀了，欣喜同意，那时候顾维钧还小，自然也不会反对，这种情况下，家长就为他们订了婚。

顾维钧中学毕业后，顾家没能力供他上学，张衡山知道后，不惜斥巨资帮助顾维钧入读上海圣约翰大学。顾维钧在圣约翰大学毕业后，张衡山又卖掉了一部分祖业，供他赴美留学。

留学期间，顾维钧学业优异，在校成绩名列前茅。那时，适逢民国对留美学生甚为重视，顾维钧回国后，即刻去拜见岳丈张衡山，张衡山很是高兴，设宴款待。席间，顾维钧提出想见见未婚妻，但那时的风气是大家闺秀不许抛头露面，张衡山的女儿羞羞答答没有出门。这次事件，让早已在交际场合大显身手的顾维钧颇为扫兴，他觉得未婚妻不够大方，将来对他的事业也不会有所帮助，因此闷闷不乐，喝了两杯酒就告辞了。

之后顾维钧继续留学国外，一门心思做一名优秀的外交官，他的刻苦努力，为他争得成为中国留学生代表的机会。

唐绍仪作为清政府特使访问美国时，顾维钧作为学生代表向他致辞。唐绍仪对这个年轻的留学生甚为欣赏，认为他是可造之才，就向袁世凯推荐了他。

正在准备博士论文答辩的顾维钧，收到当局寄来的一封信，上面写到请他回国担任总统府英文秘书。在导师的支持下，顾维钧以单独的《序章》顺利拿到了博士学位。回国后不久，张衡山又将他推介给唐绍仪，就这样，顾维钧在唐绍仪的手下当上了外交部三等秘书。

在一个很偶然的机会下，顾维钧认识了唐绍仪的女儿唐宝玥，后者对他一见钟情。自此以后，两人的爱情便拉开了序幕。

操心费力，一心想让女儿得到乘龙快婿的张衡山怎也没有算到，原来他数年来呕心沥血的付出，到最后，只是为了成全别人。

得到了唐宝玥的爱，顾维钧开始步步高升，仅仅两年，他就坐到了外交部情报司长的位置。远在上海的张衡山听说后非常高兴，就函电请他回上海结婚，但顾维钧置若罔闻。天下没有不透风的墙，张衡山终于知道了顾维钧跟唐宝玥的事，一怒之下，他给唐绍仪写了一封信，请唐绍仪把顾维钧送回上海。

唐绍仪看完信后，叫来顾维钧，一番训斥后，责令他立即返回上海，但唐宝不同意，哭着请求父亲把他留下来。她说："我若不能和顾维钧结合，一定削发为尼。"

唐绍仪此时已是国务总理，利用权力之便为自己女儿谋私利总说不过去，但唐宝一招不行，再出几招，害怕自己女儿跑到娼妓集中区挂名总理小姐做"生意"的唐绍仪害怕了，当即妥协，表示对女儿"无条件投降"，这样，唐宝轰轰烈烈的抢夫大战吹响了胜利的号角。

唐绍仪以总理之名给淞沪护军警备司令何丰林打了一个电报，让他负责顾维钧退婚之事。何丰林接令后，立即派兵包围了张家住宅，张衡山面对凶狠野蛮的何丰林无可奈何，捶胸顿足，悔不当初，女儿此时也深受刺激，竟果敢走出来说："退了婚，我们认错吧。"就这样，顾维钧与唐宝顺利举行了盛大的婚礼，张衡山因抑郁一命呜呼，张润娥万念俱灰削发为尼。

一场爱情，见证一个冷暖人间。张衡山虽然会看相，但他不懂人心，更不懂得爱情的正确方式不是未雨绸缪，他最后只落个鸡飞蛋打，还害得女儿看破红尘。实在可怜，可悲，可叹。

1918年，巴黎和会的召开，让顾维钧扬名立万，但与此同时，唐宝玥却感染重病，不幸去世。她终不能成为他今生的唯一，无法陪他到老。于她而言，这场爱情战役，她也并非最后的胜利者。

婚姻是一场赌博，稳得住的人才能胜出

唐宝玥之后，顾维钧又娶了亚洲糖业大王、华侨首富黄仲函的女儿黄蕙兰。

黄蕙兰有父亲遗留下来的五百万镑遗产，她的丈夫在他们婚后不久便去世了，因此，她自由地出入各种豪华的

交际场所，无拘无束。

黄蕙兰自小学习音乐、美术、舞蹈、英语，会六国语言，青年时代穿梭于英国、法国以及美国纽约，极富交际能力，被称为"远东最美丽的珍珠"，她虽在社交场上众星追月，感情却一直未有着落。

巴黎和会期间，黄蕙兰的姐姐黄琮兰邀请中国代表团到自己在巴黎的家中做客，钢琴架上放着一张黄蕙兰的照片，顾维钧见了，便有意结交。黄琮兰连忙给母亲写信，要她从中牵线搭桥。

黄蕙兰被母亲急招，回到家里去面见一个不会开车、不会骑马、不会跳舞、留着老式平头、衣着朴素的外交官顾维钧，她对面前的这个人并无多大好感。

但顾维钧非常殷勤，很快就发挥了他出色外交官的特长，第二天，他乘坐法国政府提供给他的汽车，专程来接黄蕙兰去郊游。就连带她去看话剧，坐的也是政府提供的包厢，那是再富裕的人花钱都买不来的位置。

黄蕙兰心里很明白，父亲纵然再有钱，也不可能买到尊贵的权势地位。在她犹豫思索的同时，顾维钧速战速决，直奔主题，向她求婚。

一个有权，一个有钱，这样的婚姻，在外人看来简直是天作之合，他们很快在伦敦结婚，举行了盛大的婚礼。据说婚礼是在布鲁塞尔中国公使馆举行的，黄家的嫁妆让所有人瞠目结舌：餐具是在伦敦摄政街订制纯金刀叉；床单、桌布和床头罩也是订做，亚麻质地，扣子却是全金的玫瑰花样式，每朵花上有一粒钻石；酒宴上的座席架也是纯金，专从中国定做送来，刻有一个"顾"字。除了这些奢华的家具，黄蕙兰更是穿金戴银华贵无比。

从黄家的角度看，嫁人要嫁得风光体面，家族富裕，本无可挑剔，但从顾维钧的角度看，他就不那么乐意了，毕竟黄蕙兰所有的嫁妆、首饰都不是出自他手。外人非议不断，他感到尊严受到侮辱。

婚后，顾维钧在外交上的应酬均由黄蕙兰出钱，她自掏腰包，将波兰外交使馆重新装修一番，豪掷20万美元购买北京狮子胡同陈圆圆的故居做公馆等，依靠金钱的力量，以及黄蕙兰华丽丽的朋友圈，回国后，顾维钧平步青云，过足了官瘾。黄蕙兰视野开阔，迎来送往，在社交上八面玲珑，她的相助也为顾维钧的外交活动创造了有利条件。

然而，从外部看来，男人喜欢光鲜亮丽、聪明能耐的女子陪伴身边，令自己蓬荜生辉，可从本质上讲，却又并不能容忍自己无法在她面前扬眉吐气的挫败感。

据张学良回忆，顾维钧同第四任太太严幼韵一起打麻将时，黄蕙兰冲进来，拽着他要走，顾维钧不为所动，黄便破口大骂严幼韵"贱人"，还朝顾维钧头顶泼了水，但两人都是无动于衷，最后败兴而退的只是黄蕙兰。

这样的婚姻自然是不幸的，顾维钧人前对她客客气气，人后就把她晾在一边。名存实亡的婚姻不会长久，分崩离析只是早晚的事。他们分居20年，最终顾维钧卸下了大使馆的身份后，黄蕙兰才与之离婚。在严幼韵看来，她是舍不得"使馆夫人"的名号。

严幼韵是顾维钧的第四任妻子，可以说，她满足了顾维钧作为男人对于女人的所有期待。黄蕙兰愤然指责他们"暗度陈仓"，她专门因此事跑去找宋氏姐妹求助，宋美龄很聪明地告诉她"你去向上帝祈祷"，黄蕙兰听完很泄气地说"上帝太忙了，哪有时间管我们"，无奈离去。

在顾维钧眼里，严幼韵却是世间最好的妻子。他们一早就认识，后来彼此各自结婚，并无交集，直到严幼韵的丈夫去世，她带着三个女儿来到美国，进入联合国礼宾司，成为联合国首批雇员，负责礼仪等方面事宜，这才与顾维钧重新相知、相爱，缘分就是这么奇妙，没有时空的隔阂，注定要走到一起的人，任凭岁月如何兜兜转转，最终还是会遇到。

严幼韵也非等闲之辈，她出生于富商之家，祖父是李鸿章的幕僚，经营实业，曾是中国东南首屈一指的大商人。母亲喜欢阅读，尤其是诗歌，严幼韵的生活充满浓郁的文化氛围，她既是一名传统的大家闺秀，又有西方开化的做派。

严幼韵毕业于上海复旦大学，是那里有名的校花，她不仅漂亮，而且勤奋，只用了两年时间，就修了135学分。同时，她也是那里唯一每天开着小车去上学的学生，并且每天都要换一身衣服。她的小车车牌号是"84"，因此人人都称她为"84号小姐"，用英语翻译就是"Eighty Four"，沪语发音故意念成"爱的福"，因此人人又都称她"爱的福小姐"。

这样一位佳人的丈夫自然也不会差到哪里去。严幼韵的首任丈夫是年轻的外交官杨光泩，郎才女貌，佳偶天成，两家又都是显赫家世，门当户对。他们的婚礼由外交部部长王正廷主持，有上千人参加，成为媒体追逐的对象，在上海滩引起轰动。

1942年，日本违反国际条约，逮捕了包括杨光泩在内的7名外交官，逼迫他向华侨筹借1200万美元，如果杨光泩没有严词拒绝的话，他的生命不会过早地凋谢。人有祸夕旦福，直到多年后，严幼韵才不得不面对丈夫早已去世的事实。

过惯了富裕生活的严幼韵，并没有因此而消极下去，相反，她乐观而坚强，对未来的夫婿她有自己的严格标准："要是我所尊重的人，也必须能赢得我的爱慕。"

命运总是青睐那些对生命执着又坚守自我的人，她在54岁那年遇到了顾维钧，同年就嫁给了这个令她尊敬又爱慕的男人。两人之间相差17岁，所以这段婚姻里，是严幼韵付出、照顾得多。她有着女性独特的细心和温柔，每天会陪顾维钧散步，会叮嘱他起来吃早饭，会坚持每天凌晨三点多起床为他准备早餐，会叮嘱他先喝完一杯热牛奶吃点东西后再睡，唯恐贪睡的顾维钧因晚餐与早餐之间空腹时间太长而影响了身体健康……

可以说，严幼韵是一位好妻子、好护士、好管家。顾维钧提起她来，总是自豪地说："我的养生心得就有三条，少吃零食，多睡觉，太太照顾。"这话听起来有多少自豪和骄傲的成分在其中。

对于生活，严幼韵总是笑呵呵地说："每天都是好日子。"有这么好的心态，何愁不被人爱？大概顾维钧就是被她这样的气质迷住的吧。

微疗愈：

有些女人不明白，为什么自己满是优点却往往得不到心仪之人的爱，而有些女人看上去普普通通，却能称心地嫁如意郎君？这到底是生活的不公，还是命运的摧残？

竹篮打水一场空的爱情，比比皆是。究其根本在于，你是不是他的公主，对这个现实你有没有清醒的认知。越是优秀的女性，往往越不易改变自我，爱情不是你在感情中付出多少，收获多少，而是你妥协了多少。懂得妥协，才能退一步海阔天空。

许多女人想要维持自己骄傲的公主梦，却往往忽略了身边的男人是不是一个内心强大的王子。他若承担不起你的"付出"，你就应该反省，要么是你选错了王子，要么是他并非王子，只是你错把他当作了王子。

真实的爱情，旅途并不平坦，一路走来，经历岁月的洗礼，人们对爱情的判断也愈加深刻清晰。爱情说到底是一种疯，没有标准可言，它绝不是贪恋虚荣的归宿，在寻寻觅觅中找到并最终有所收获的爱情，一定是在提高他人的同时，也备受尊重。

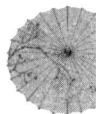

18. 找一个真心对你的人

——梅兰芳·孟小冬

不看别人的戏，就演不好自己的戏。

——梅兰芳

一个朋友被两个男人同时追求。一个年长而富裕，常年居住国外，生活方式与她迥然不同，总像隔着很厚的透明的墙；一个同龄，与她志同道合，相互鼓励，互为支撑。朋友想也没想就选择了后者，她身边的朋友也纷纷表示赞赏。

为了逐爱，朋友大老远跑到北京，幻想着两人柴米油盐酱醋茶又能诗情画意琴棋书。孰料，贫乏的物质基础，

你还没来，我还在等 /

222

让当初的信誓旦旦变了味道。他们一起吃饭，他总挑最便宜的那个，从不问她的喜好；为了经济状况，他劝她选择累而繁重的工作；为了尽快升迁，他劝她学会喝酒迎合客户……她渐渐觉得心寒。

后来那个年长而富裕的人漂洋过海来看她，带了一堆稀奇古怪的玩意儿送给她。朋友并不贪恋财富，也不是轻易见异思迁的人，可他对她嘘寒问暖，关怀备至，她突然发现，跟这个老男人在一起并没有自己想象的那样不快乐。

他对她从不吝啬，但凡她喜欢的，他总竭尽全力为她做到。对她而言，那些东西都太昂贵了，她胆战心惊，可他丝毫不以为然，既不夸张，也不强人所难，那种感觉轻轻的，淡淡的，微风细雨般拂过面颊，让她觉得舒服，想起他来，嘴角会情不自禁微微翘起。

后来，她跟志同道合的那个男人分手，嫁给了那位外人看来并不怎么登对的老男人。她并不在意别人怎样看她，反正她找到了爱的感觉，那是高于生活的味道，却又夹着浓浓的人间烟火，对她而言，爱情没那么多理由，也没那么多限制，喜欢就是喜欢，放下就是放下，总归是有理由说服自己的。

现在，他们有了一个男孩子，她随先生去了英国，她的前任男友也结了婚，却时常提及她，想起来，大概都是追悔吧，毕竟，她为他赴汤蹈火，他却从不曾真心待过。

情海翻波浪，人世最无常

说起梅兰芳的外貌，可以打满分。他是民国时期的时尚教主，呢帽、衬衫、西装、领带、黑皮鞋、照相机、打火机、香烟盒、钱包、钥匙链这些时尚行头，他统统都有。

梅兰芳是传统京剧演员，生活方式却全盘西化。他爱吃西餐、爱跳交际舞、爱看好莱坞电影、爱穿西服，还爱游泳。京剧的时装剧，他是开山鼻祖。《碧海波澜》是中国第一部时装京剧，这部剧之后，穿着现代装的京剧开始时髦起来。

当年到底他有多红、多时髦，可以从大报刊的醒目头条、一票难求的天价演出加以推论。梅兰芳"男唱女角"在美国广受好评，一曲《天女散花》将中国传统艺术以花落人间的唯美姿态表达彰显出来，让美国人看得如痴如醉。要说他是世界时尚先生中的一员，也无人反对。

梅兰芳算得上是中国进军好莱坞的第一人。1929年，受美国总统相邀，他去好莱坞演出。本以为美国经济萧条之际，能够在那里演出三场，卖出一半票就算不错，没想到票在两周之内就卖个精光，他的受欢迎程度可见一斑。

演出结束后，美国文艺界及政界精英联合为其举行庆功宴，在会上，一个穿着清洁工服饰的人兴奋无比地闯进来，一进门就握住他的手大呼："我终于见到你了！"这个因为还在拍剧来不及换下衣服的人，正是好莱坞著名喜剧演员卓别林。这种被重视的程度，就好比今天的歌迷提及周杰伦、迈克尔·杰克逊。可见，追星现象自古有之，众星捧月的盛况，是世界赋予梅兰芳的耀眼荣光。

与他事业上的大红大紫相比，梅兰芳的感情生活也同样精彩。"绯闻"创造者，他也是中国第一人。

1926年，旦角梅兰芳与"女生男唱"、有着"冬皇"之称的孟小冬乾坤颠倒，合唱了一首《游龙戏凤》，反响极好，于是被时任中国银行总裁的冯耿光等人撮合，加之两人兴趣相投，互相欣赏，于是不顾一切地结合了。

然而，时年尚小的孟小冬并不知道婚姻与爱情是完全不同的两码事。梅兰芳并非有她一个妻子，而她也绝不能因为爱他就可以理所当然地跟他在一起。

在她之前，梅兰芳已有两位妻子。第一位夫人是王明华，京剧名旦王顺福之女。两人生了一子一女后，为了能全心全意照顾梅兰芳，王明华做了节育手术。不幸的是，两个孩子都过早地去世了。这种情况下，王明华心急如焚，染上重病，一面为自己无法为梅家传宗接代而郁郁寡欢、抑郁不已；一面只能暗自垂泪，埋怨上天对她如此不公。

孩子的去世让这个原本充满欢笑的家庭如坠深渊，往日的欢笑再也不复存在，整个家成了一个冷若冰霜的坟地。梅兰芳肩负传宗接代的重任，他不得不另娶他人。

福芝芳便是他这个时期另觅的良人。其实早在15岁时，她就已经对这个师兄暗生情愫。他们有一个共同的师父叫吴菱仙，正是在他的撮合下，梅兰芳和福芝芳才得以顺利走到一起。

福芝芳的母亲虽然对梅兰芳相当满意，当她得知梅兰芳还有一位夫人时，就以"福芝芳是旗人，不能当姨太太"为由，为梅兰芳制造了"麻烦"。

王明华陪梅兰芳吃苦耐劳，为了支持他，她放弃了自己的事业，专心在家相夫教子，梅兰芳断不能休了她。好在他在家族里是独生子，可以兼祧两房，最终福芝芳以太太的身份名正言顺地嫁入梅家，与王明华平起平坐。

梅兰芳与福芝芳的新婚之夜，没人知道王明华在想什么。这个可怜的女人从此退出了梅家"后院"的舞台。作为一个无可依赖又自觉命运悲催的女子，她唯一能做到的只是大度：她主动提出把管家的责任全权交由福芝芳打理。

福芝芳想必也打心眼里对她生出几分同情，对待命运坎坷、远不及自己幸运的弱者，大部分人都不会再踹上一脚。福芝芳婚后先后生了九个儿女，她也非常大度地把自己的儿子过继给王明华。两个女人不存在任何有可能的竞争，于王明华而言，福芝芳能善待她，就无可抱怨了；于福芝芳而言，正是王明华的不幸，她才能拥有今天的幸福。所以，她善待王明华，也理所当然。

苍白寒暄，只道分手没那么简单

如果不是孟小冬的出现，福芝芳在这个家的地位无可动摇，但孟小冬如同一缕清风，忽然间就来了，她以非常优美的姿势闯进了这个家。她年轻漂亮，声名远播，与梅兰芳又都是京剧舞台的明星，万众瞩目，熠熠生辉。

对福芝芳而言，梅兰芳对王明华是出于仁义，对孟小冬却是由于深情，这样的打击实在太大。一个女人怎能容忍与别人共享丈夫？更何况这个女子还比自己优秀。

皇王相爱，珠联璧合，天造地设的一对，人人羡慕。福芝芳醋意大发，处处与孟小冬作对，梅兰芳则夹在两人中间左右为难。

对孟小冬而言，他们结婚时是说好了的，他以"兼祧两房"的方式娶她过门，她是梅家名正言顺的太太。

孟小冬毕竟是想得太单纯，她把全部的希望都寄托在一个男人身上，她不懂爱得越深沉，到最后便受伤越深的道理。男人的儿女情长远不像女人这般单一纯净，他考虑的东西太多太多。每一次福芝芳的刁难卷来，孟小冬泪流满面，梅兰芳却总是采取妥协退让的态度，这让孟小冬伤心不已。

他们结婚后，孟小冬一直没能住进梅家大宅。梅兰芳的祧母过世，孟小冬刻意剪短了头发，头戴白花，以祧母儿媳的身份前去戴孝，却被福芝芳拦在门外。任由孟小冬怎么盼望梅兰芳为她说一句公道话，到了最后，他的选择始终都是让她忍，而梅兰芳身边的人统统都是福芝芳的亲信，他们争先恐后地为福芝芳加油呐喊，孟小冬在梅家四面受敌。

明媒正娶的夫人，以最隆重的态度吊唁自己丈夫的母亲，却连他家的大门都迈不得，这是多么可怜可叹可悲可气的一件事。

受到如此羞辱后，换作一般女子，或许早就大吵大哭，闹得尽人皆知了。但孟小冬是何等骄傲？她宁愿忍着泪水往肚子里吞咽，也绝不向人诉半滴苦水。

后来在梅兰芳的不断劝解下，孟小冬才慢慢释怀，可他们的感情却已脆弱不堪。不久，一桩轰动京城的血案让两人彻底形同陌路。

孟小冬的粉丝李志刚，认为梅兰芳抢了他的心上人，却没有好好照顾她，一气之下拿枪跑到梅、孟二人的住处，誓要与梅兰芳血拼。梅兰芳慌忙从后门逃走，他的客人——《大陆晚报》的经理张汉举主动请缨要为他做调解，谁知却被李志刚开枪打死，闻讯赶来的警察把李志刚当场击毙。

经此一事，梅、孟二人的婚姻彻底走到了尽头。梅党中魁首冯耿光为他们的分手更火上浇油。他一锤定音，要梅兰芳舍孟留福，他避长扬短地抨击孟小冬"为人心气高傲，需要人'服侍'，而福芝芳则随和大方，会'服侍人'"，这一不公正全面的对比，却让在场的每一个人都不敢再赘一词。梅兰芳也不除外。

孟小冬心灰意懒，约梅兰芳做了一次开诚布公的谈话，她主动提出分手："请你放心，我不要你的钱。我今后要么不唱戏，再唱戏不会比你差；要么不嫁人，再嫁人也不会比你差！"

这样一句豪言壮语，背后渗透的是多么催人泪下的无奈与决绝。一个女子不是被心爱的男人伤得支离破碎，她怎么舍得放弃这葬送了她青春年华的岁月，怎么舍得拿出勇气独自承担未来不可预测的生活？孟小冬不要手段也不屑与谁争抢，爱情走到尽头，虽非她所愿，但她已无力滞留，与其继续伤心，倒不如及时放手，给自己一个最好的成全。

爱一个人，可低到尘埃，降低身段做他的"妾"，但这份爱若所托非人，她也可以决绝果敢地抽身离去。孟小冬带给梅兰芳的，一定是永远无法启口的悲伤和留恋。

晚年，梅兰芳仍旧挂念已嫁为他人妇的孟小冬，亲自前去拜访，至于他们谈了什么，无人知晓，但孟小冬对他的情，早就化作一缕青烟，随风而逝了。对于这段情，默默收藏在心底，或许才是他对待他们之间爱情的最佳方式。

"年岁幼稚，世故不熟"，这等的爱情或许才是人间极品。一生中，能有个人深深地驻扎在自己的生命里，未尝不是一种骄傲。

遗憾是一种残缺的美，世上最能打动人心的往往是悲剧，因为回忆里的那个人总是太美，她的身影能轻易搅动一颗尘封已久的心。这样的爱情来之不易，当初该珍惜，别过定后悔。

梅兰芳此生最后悔的莫过于失去了孟小冬。

微疗愈：

爱时不顾一切，分手时就必然决绝无比。

孟小冬性子刚烈，断不会再走回头路。哪怕心里还有牵挂，在经历了这样一个总让她啜泣落泪的男人后，她想做的必然也只是淡忘、远离。

然而淡忘和远离还是浅的，自虐才是多数受伤女子的通行证。像如今的暴饮暴食、骨瘦如柴、卧轨自杀等，都是失恋的产物。孟小冬也曾短暂性自暴自弃，后来她想通了，嫁给了真正待她好的男人杜月笙。

年轻时，女人都喜欢那些似乎可以征服世界的男人，他们让人着迷，他们充满魅力，可她们不知道，这样的男人也想征服所有的女人，他们希望身边的女人都对他们马首是瞻，唯命是从。他们习惯了被人关怀后，就难以设身处地去考虑女人之间的纷争，出了事情，他们总显得没心没肺，只会做做样子。

而被她们忽略的所谓的暖男，其实才是最值得女人在意的人，他们一直都在那里，将等待站成了沧海桑田。杜月笙爱孟小冬，数十年如一日，他懂她，尊重她，时刻都能考虑到她。

所以，女人选择爱情，体贴、安稳、踏实、温暖要放在首位，想起他来，会心一笑，不自觉地就嘴角上扬，这样的男人才值得你付出终生。那些炫目无比的，你还是要掂量一下，他究竟适不适合你？勿让乱花迷眼，不被金钱折腰，走心，才是通往爱情最正确的方向。